醫生哪有這麼萌 2

菜鳥以上、老鳥未滿的白袍日記

Nikumon 圖／文

目錄

3 從醫的必經之路……137

4 成為Nikumon……217

Contents

橫衝直撞只因為不敢面對脆弱
埋藏起來的愛情一直都在身邊
所以 實事求是吧

氤氳色彩的防禦下展現最真實的情慾
彈性能夠讓世界持續運轉
人見人愛其實沒有選擇
最佳演員頒給從沒忘記自己的我

推薦序

老實說，我這輩子壓根沒想過會有人找我寫序，而且還是傳說中的內褲萌親自寫信邀我。

天啊，這未免也太令人感到不可思議了吧！像我這樣平凡無奇的小角色真的可以勝任這份無比重要的工作嗎？

咳咳……既然人家看得起，我當然得認真拜讀這本期待已久的曠世鉅作囉。（況且可以在書還沒上市前比粉絲搶先閱讀，這種好康的差事真的永遠不會嫌多啊～～XDD）

好不容易收到編輯傳來的原稿，我趕緊放下手邊的工作，找了個安靜角落把整本書詳讀了一遍。

我是個住院醫師，跟內褲萌一樣在不久前完成了不分科的住院醫師訓練，所以對書裡的內容只有「感同身受」這四個字。這次內褲萌除了分享許多令人

會心一笑的醫院趣事外，也特別記錄了實用的醫療知識，給這本書添加了不少風采。除了拿手的日系畫風，內褲萌還寫了多篇有關工作上的點滴故事，其中真誠的文字敘述令人動容。全書文章精彩豐富、插圖幽默生動，是一本值得大家一看的作品。（喵的，醫師這麼會畫畫、文筆又好是要逼死誰?! XDDD）

我以前常常覺得內褲萌不去當職業漫畫家真是可惜，如果他選擇了那條路，一定會成為繪畫界的翹楚。不過現在仔細想想，還好他考進了醫學系……因為在這個日益緊張的醫療環境裡，他取自於醫療題材的創作，不但帶給我們那麼多的歡樂，同時也讓大家對醫療界多了些認識及少了些誤解吧。

最後，希望 Nikumon 在繁忙的工作之餘能持續推出新的作品，來造福廣大的粉絲讀者啊啊啊！XD

小百合

作者序

我們又見面了，與第一本書間隔了三年，這期間我從實習醫師走到了不分科住院醫師，直到現在成為住院醫師。一邊忙著醫院事務，一邊利用僅存的休息時間籌劃各種不務正業：設計專輯歌詞本、賣周邊商品、賣《慾望女醫》這本不檢點（？）的書，賣貼圖、賣衣服……把時間榨到一滴也不浪費。三年來持續在網路上經營粉絲團，持續創作，中途卻人神共憤地大搞失蹤，弄得粉絲們焦頭爛額，然後又悄然復出。我是個幸運的人，有這麼多人願意忍受我的任性（請多檢討自己啊）。

當初製作第一本書時，出版社堅持用《醫生哪有這麼萌》這樣的書名，給我不少困擾。我的筆名是Nikumon，綽號「內褲萌」，乍聽之下讓人傻眼的綽號來自於我的室友——陳小黑。

「Nikumon……Nikumon……不然這樣好了，如果你畫正規漫畫或經營正規粉絲團失敗的時候，就用諧音，改名叫內褲萌，畫色情漫畫重新出道。」

何謂好朋友？就是在你還沒開始努力時便盡責地在旁邊唱衰。

不知從何時開始，內褲萌這個稱謂流傳到了粉絲之間。在我終於意識到這件事情的嚴重性時，已經沒有人記得 Nikumon 是誰了，大家只認識內褲萌這個名字。我還沒失敗啊！我還沒開始畫色情漫畫啊！這樣我以後想畫色情漫畫時還要重想筆名欸（搞錯重點）！因為粉絲團的畫風接近Q版，所以粉絲似乎自然而然覺得我這個人……很Q。

「編輯姊姊！真的要用這樣的書名嗎？我一點都不萌啊！」

「你很萌，相信我。」姊姊，妳這是什麼認真的眼神，儼然是規劃偶像賣點的經紀人啊。

第一本書耗盡了平生之力，想要把自己擁有的全部納入書裡。醫院的圖文代表生活，彩圖插畫代表靈魂，長篇漫畫代表人生觀。而這次《醫生哪有這麼萌》續集將重點放在醫院生活，也加重了文字的比例，介紹更多醫院經歷與個人反省。

這本書的內容集合了我在實習醫師末期以及擔任不分科住院醫師這一年的故事。醫院集合了生老病死，走遍了醫院似乎就能看到不同階段的人生。這個世界存在著很多矛盾，沒有誰對誰錯，僅是立場不同。我依舊挑戰用輕鬆的角度去解釋沉重的醫病，相較於第一本書，這本書探討更多具爭議性的問題。畢竟從事醫療行業，多次面對生死關頭下，若不用笑看人生的態度面對死亡與疾病，最後被逼死的可能會是自己。醫護人員私底下的聊天與對談，若是流入旁人耳中，應該會覺得冷血至極吧。於是日子過久了，會讓人很難判斷哪些故事可以拿來分享、哪些故事不登大雅之堂。想要做到不冒犯任何人，似乎是難上加難。

這本書裡，我用輕鬆的畫風繪製，讓各年齡層的人都能閱讀這本書，進而帶給大家思考的機會。最後很感謝出版社給我第二本書的機會，也感謝正在翻這本書的你，希望可以提供你愉快又充實的時光。歡迎來到Nikumon的醫院生活，老話一句：用漫畫畫生活，無聊也會變得不無聊，一起來笑看人生吧。

CHAPTER

所謂的 PGY

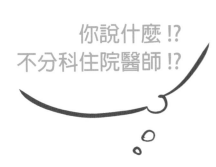

你說什麼!?不分科住院醫師!?

手機調好了隔天起床的鬧鐘，躺在床上的我思緒飛馳。回想實習結束後，緊接著面對醫師國考，用一個半月閉關苦讀。堆起來的書、堆起來的知識，挑戰人類記憶力的極限。直到終於取得醫師執照，那一瞬間的爽感彷彿就是昨日歷歷在目。確實應該歷歷在目，因為距離國考結束跟馬不停蹄再被扔進醫院之間，根本沒隔多少日子；醫學生涯，一刻也不浪費就進到人生下一個階段。

輾轉難眠，不是興奮，而是害怕。我實習時學會的技能夠用嗎？準備國考時念的知識能夠熟練而且安全使用在病人身上嗎？一切的焦慮在於，這一覺過後，我就是不分科住院醫師，沒有慢慢熟成這件事，制度與責任強迫你一夕之間長大。

「不分科住院醫師」究竟是什麼？跟大家耳熟能詳的實習醫師和住院醫師有什麼不同呢？在醫學系讀了四年書，第五年進入醫院見習，第六、第七年時正式接觸臨床事務，任何醫療行為都需要有上級指示與監督，稱之為實習。醫學生們依規定分配到各個科別實習，每個科別半個月到一個月，總共一年或兩年。

完成實習階段的醫學生們進行醫師國家考試（筆試與臨床技能測驗），取得醫師資格後，成為一名擁有國家資格的醫師。而這群醫師擁有的僅是最基礎的技能與知識，相較於浩瀚的醫學知識，不過是飄搖的一粒沙。未分化的醫師們往後需要去醫院應徵考試，成為不同科別的「分科」住院醫師（如內科住院醫師、外科住院醫師、小兒科住院醫師等等），進行更專業的訓練；然後參加國家「專科」醫師考試資格，獲得「專科醫師」執照，取得升任「主治醫師」的資格門檻。而主治醫師通常才是擁有專科技能，分化完全、獨當一面的醫師。

稍等一下，這麼多錯綜複雜的演化，不分科住院醫師究竟存在於哪個階段？見習醫師↓實習醫師↓考試取得醫師資格↓停！就是這裡，在我們認為接下來就要去追求自己的「分科」專業，應徵考試成為「分科」住院醫師時，政府一道令牌飛來，橫空安插了「畢業後一年期醫師，一般醫學訓練計畫」，也就是Post Graduate Year，縮寫ＰＧＹ，或稱之為「不分科」住院醫師。

那受訓內容是什麼呢？如同字面上的意義，不分科就是沒有分科，沒有分科就是每一科、每一科都要去受訓。每一科?!我的老天，實習醫師時每半個月的醫院全科跑透透噩夢再次降臨。不同於實習醫師的走馬看花，不分科住院醫師每科受訓時間拉長到一個月，並且是真正全天候照顧病人。

由於擁有醫師執照資格，所有醫療處置都需背負法律責任。在這個新制度裡，不分科住院醫師ＰＧＹ在尚未受過專業的分科訓練下，需要負責的事物幾乎等同於分科住院醫師；不同的是，手上有的武器僅是實習醫師時期攢下來的基礎技能。

從實習醫師變不分科住院醫師，只會皮毛的一群戰士直上前線，被派去自己或許不甚有興趣、知識技能也不熟成的科別。眼前是苦痛的病人和焦慮的病人家屬，身後是同樣初出茅廬的實習醫師，不分科住院醫師們面臨著前所未有的大挑戰，在醫院各科走透透的人生再次開啟。大ＰＧＹ時代的來臨是我的噩夢，也是我收穫良多的一年。

頂著醫師的稱號，但腦中知識永遠不敷使用的自己，滿是心虛地踏上這個旅程。船到橋頭自然直吧，就算是分科醫師也有第一天上工的時候，也是很菜。只要夠細心、夠努力，凡是不懂就求救，一切的所作所為都是以病人為最高考量，總能連滾帶爬度過這個修羅海的。ＰＧＹ的這段日子裡，我跑過了內科、外科、急診、婦產科、小兒科、社區醫學。痛苦與成就感、快樂與淚水、愧疚與不甘，一點一滴構成了這無可取代的一年。

斑駁歲月

麥田中央
轟隆作響與油氣撲鼻
陽光透過帽沿的縫隙鑽進妳的肌膚裡

好美的笑容

自信而無懼
與後面霸氣蓬勃的雲朵天藍相映

那一瞬間我睜開眼
空氣依舊慵懶
我動動僵硬的手指

時間無法帶走的
是越發堅固的回憶

L&N

見習醫師
大學五年級，跟著進醫院見習，跟著查房、開會，偶爾會有上台報告的機會。
部分時間會回學校上課。
部分時間待在醫院，見習或協助上級完成醫療處置。

INTERN
實習醫師
在上級許可下，正式操作初階醫療行為。並且到各科實習。
* 導尿管
* 抽動脈血
* 鼻胃管
首次加入值班，開啟睡眠不足的爆肝人生。
大學七年級，畢業後準備國家醫師考試。內容範圍囊括所有科別。考試通過後，正式取得醫師資格。

成為正式醫師後，到各科受訓各一個月，並執行該科專科醫療行為。因為只有受訓一個月，很多事物都不上手。

首次獨立，給予臨床決策、診斷。與其他醫療人員合作密切。

依舊值班地獄，但由於每個月都要重新適應新科別、新工作，壓力極大。

住院醫師
到各醫院參加
考試、面試，來取得住院
醫師受訓資格。熱門科別
常見搶破頭的盛況。
成為該科住院醫師後，
受訓時間為三～六年。
執行該科醫療行為，照
顧該科病人。磨練技能，
充足知識。
值班地獄！
處理該科病人
的臨床問題。
越戰越勇！
但下班後依舊體力耗盡，
如殭屍般魂不守舍。

住院總醫師
總醫師為住院總醫師的縮寫，為住院醫師中最資深後線人員。熟練科內事物，是主治醫師以下，病房區的醫師領導人物
負責代表本科，與他科聯繫協調醫療、行政、教學等事務。
醫院就是我家，值班小菜一碟，隔天依舊生龍活虎！

主治醫師
通過專科醫師考試，並且升上主治醫師後，為獨當一面的醫師，開設門診。
在病房有收治病人，
查房帶領醫療團隊。
是醫療主要決策者。
從事醫療研究、寫作論文。

如果覺得失去選擇時就微笑吧
天空降下沉重的色差
假如這個世界不曾存在吶喊的餘地
我也不再選擇

收起唯一的反抗吧
微笑吧
就算是贗品
也能帶給自己些許的溫暖

2014.8

小孩臉

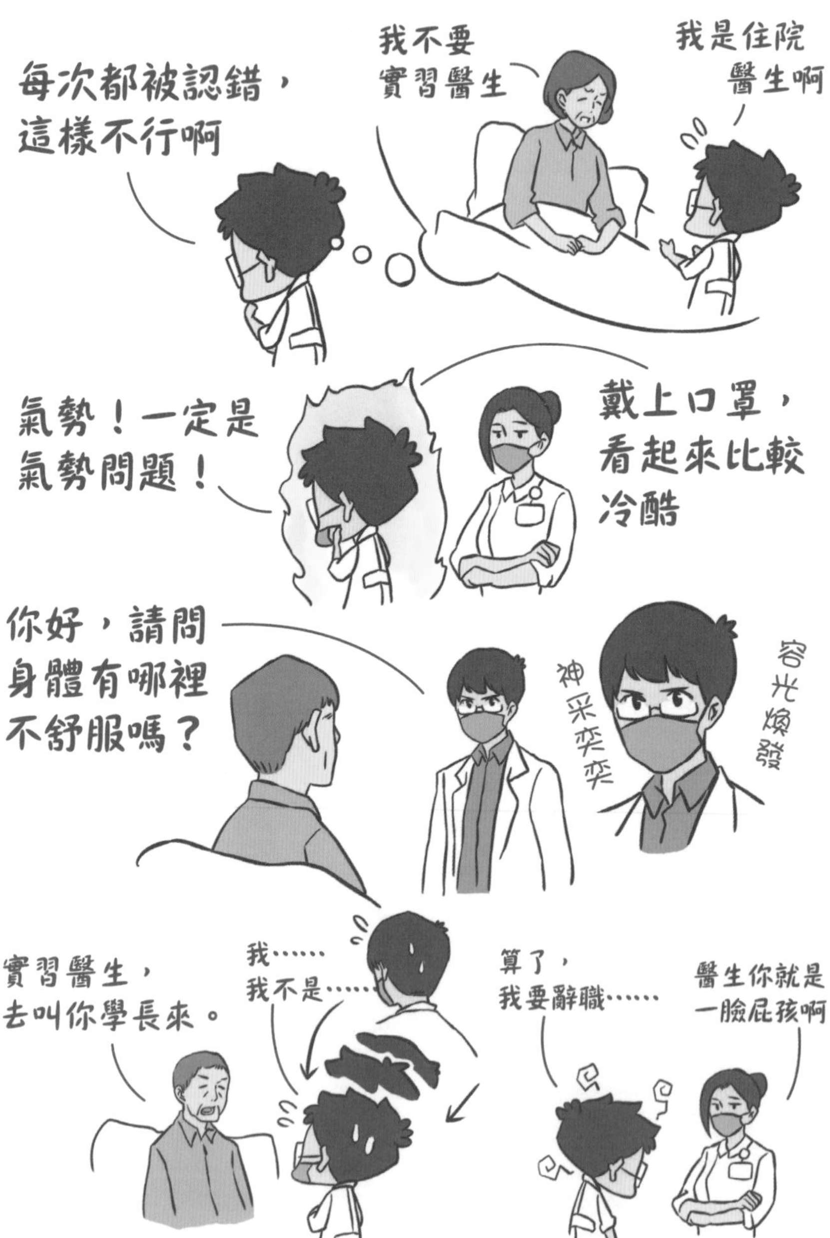
每次都被認錯，
這樣不行啊
我不要
實習醫生
我是住院
醫生啊
氣勢！一定是
氣勢問題！
戴上口罩，
看起來比較
冷酷
你好，請問
身體有哪裡
不舒服嗎？
神采奕奕
容光煥發
實習醫生，
去叫你學長來。
我……
我不是……
算了，
我要辭職……
醫生你就是
一臉屁孩啊

醫生的身高

醫生哥哥

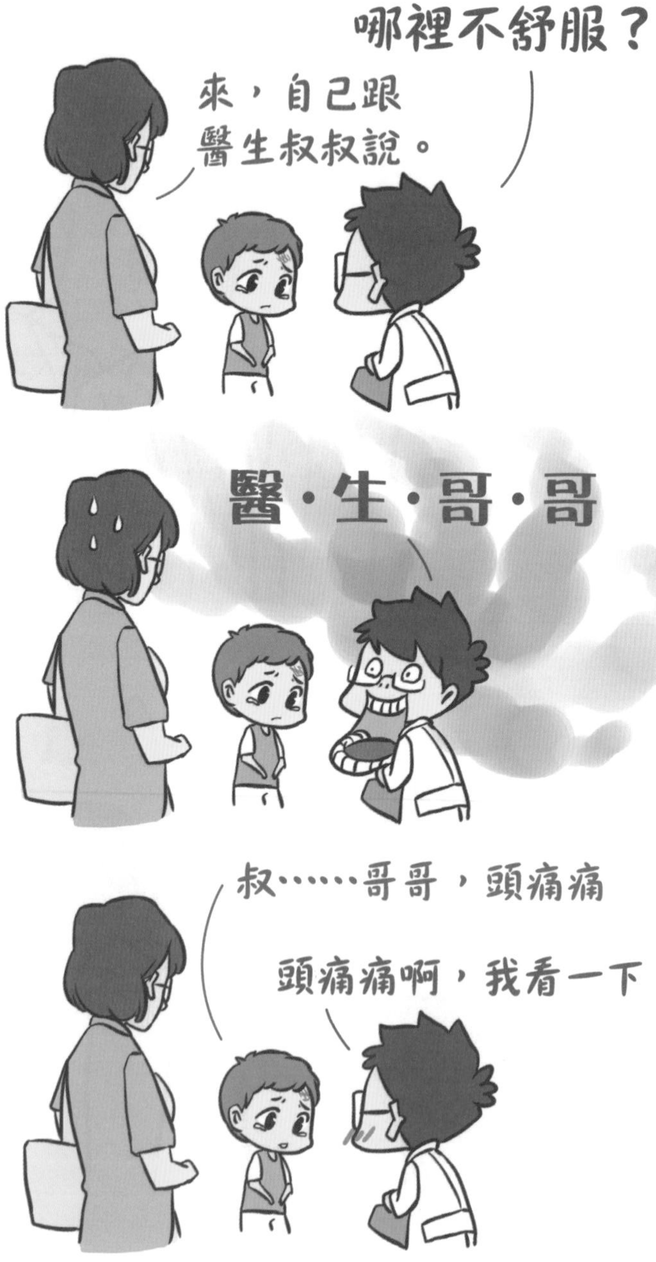
哪裡不舒服？
來，自己跟
醫生叔叔說。
醫·生·哥·哥
叔……哥哥，頭痛痛
頭痛痛啊，我看一下

問路

醫院好大……
又迷路了，
找個人來問問……
（一臉凶狠，
不要問他好了）
（哇……老阿姨，
一定很兇）
喔喔！這一個！
人畜無害
感覺就
好欺負
請問醫院的
第二停車場
怎麼走？
啊？呃……嗯……
路痴

練針

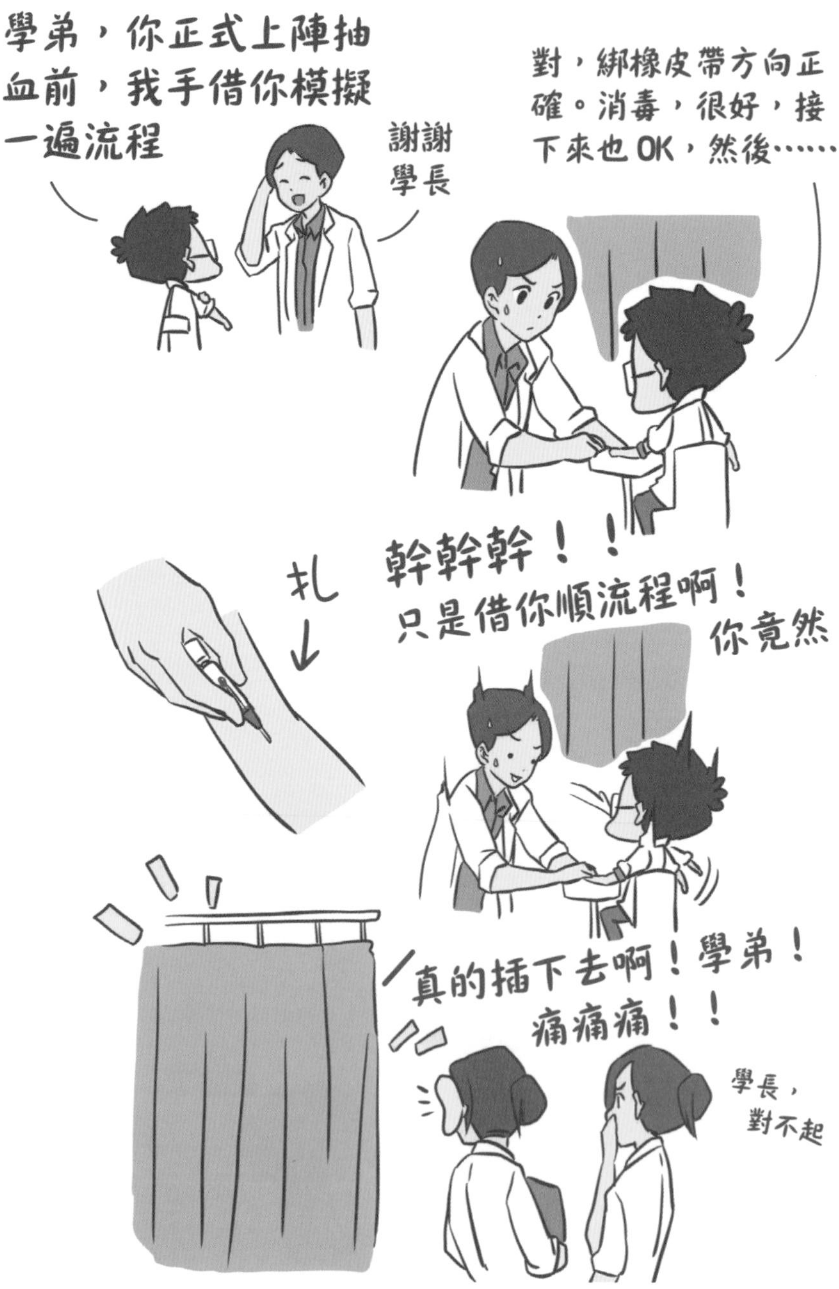

學弟，你正式上陣抽血前，我手借你模擬一遍流程
謝謝學長
對，綁橡皮帶方向正確。消毒，很好，接下來也OK，然後……
扎
幹幹幹！！
只是借你順流程啊！
你竟然
真的插下去啊！學弟！
痛痛痛！！
學長，
對不起

純情學弟

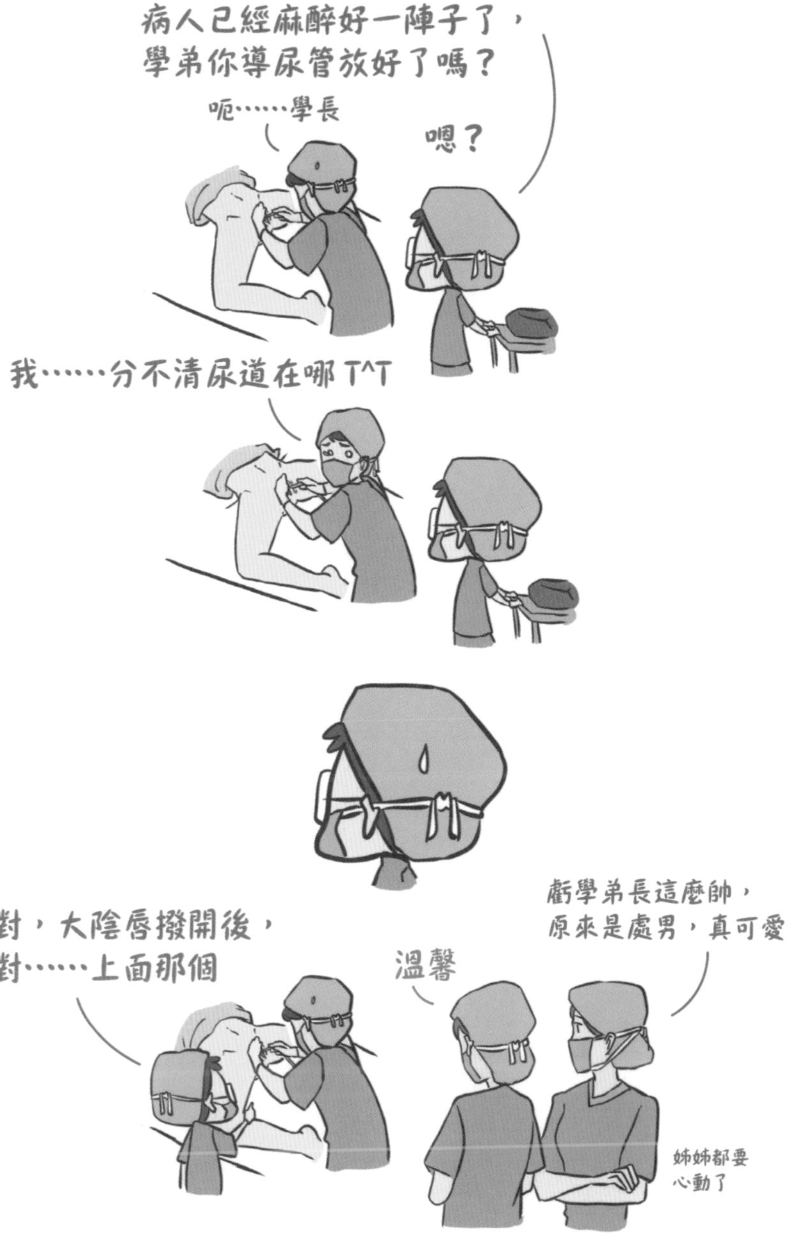
病人已經麻醉好一陣子了，
學弟你導尿管放好了嗎？
呃……學長
嗯？
我……分不清尿道在哪 T^T
對，大陰唇撥開後，
對……上面那個
溫馨
虧學弟長這麼帥，
原來是處男，真可愛
姊姊都要
心動了

學弟經

學長，我們是這個月跟你同 team 的見習生
哦……那……那你們就到處看看吧……我先去忙
←很不會當學長
忙東
跟跟跟
忙西
跟跟跟
唔……
眼神殷切
嗷嗷待哺
我先幫你們上點課好了，胸部X光基本判讀。
哇！謝謝學長！
學長好帥！
（聽完就快走，別跟著我 T^T）

脖子枕

買了這個兔兔脖子枕真是買對了
啊啊，好可愛，在辦公室裡可以戴
鈴 鈴 鈴
喂？啊！檢查室有人氣喘發作？
我馬上過去。
呼呼，還好嗎？
沒事了，用藥後就好多了。是說……
你的脖子上是……
主任，我要辭職……
？

忘記脫手套

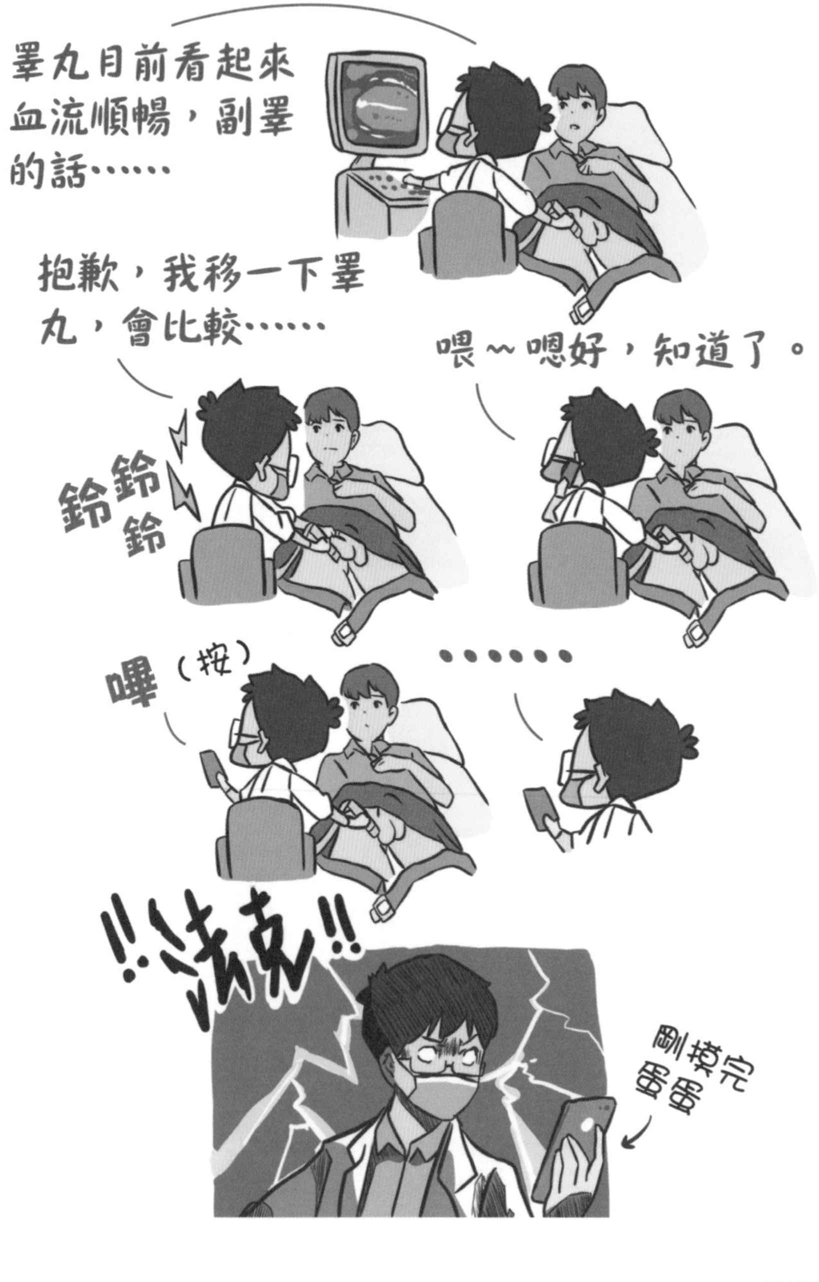
睪丸目前看起來血流順暢，副睪的話……
抱歉，我移一下睪丸，會比較……
鈴鈴鈴
喂～嗯好，知道了。
嗶（按）
……
!!法克!!
剛摸完蛋蛋

白駒過隙

煙花歲月

獵獵作響的崇高旗幟拿得沉重

過於美麗的信念使人遺忘當初的念頭

我們都有第一次飛翔

體會成就感瞬間淹沒恐懼的時候

那個剎那就像翻牌

快得讓人忘記曾經拙劣的自己

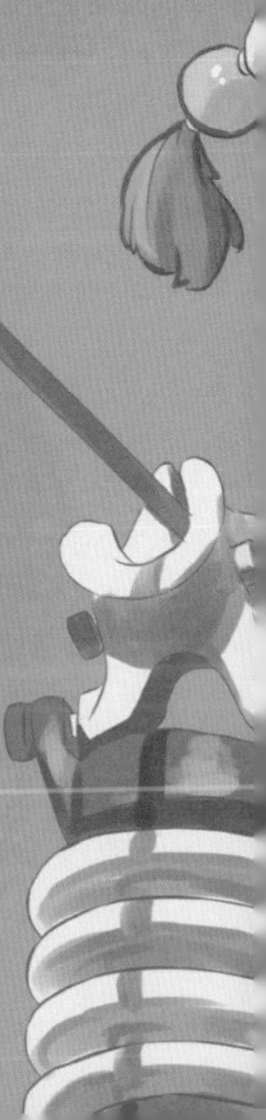

CHAPTER

披著白袍的
工作日常

值班的空檔是人生的智慧

「血糖呢？血糖測了嗎？」

「周邊管路建立幾條了？」

「回報血氧！」

學姊的聲音從病房後頭出現，如飛箭般確實傳入每個人的耳中。

「學弟！實習醫師到了接手護理師壓胸，你先去抽動脈血，我來插管。」學姊熟練地接下我手中的喉頭鏡。病人是一位肺癌末期的爺爺，接近午夜十二點時被姪子發現沒有呼吸，通報護理師後隨即啟動急救流程。值班的我在睡眠中接到電話，耳中傳來「王醫師，○○床CPR」，關鍵字引發神經反射，腦袋旋即活化，掛掉電話直衝病房。在後線醫師出現之前我就是指揮者，要學會馬上掌握病人狀況，下判斷、做決策、急救。

涕沫橫流的口腔阻擾插管的進度，情急之餘，總醫師學姊的出現為現場帶來轉機。經驗老到的手法給人近乎優雅的錯覺，加上所有指令有條不紊，急救團隊更上軌道。我在病人身上成功抽到動脈血後，看向學姊一眼……咦？

頭上正包著浴巾，全身香氣蒸騰。剛完成插管的學姊正用聽診器檢查病人的肺部和腹部，人聲如何紛雜都無法擾亂學姊身旁的清淨氛圍。我說學姊，妳怎麼能洗澡洗到一半衝出來急救，還一臉若無其事啊！嘴在口中的吐槽來不及說出來就被學姊應聲打斷。

「學弟，剩下就交給你了，該抽的血、該做的檢查單都會開吧？沒關係，我吹完頭髮會再過來檢查一下，記得聯絡加護病房，病歷也要記得記錄剛剛的急救過程和使用哪些藥物。」

我很難不去注意學姊柔軟的髮絲正滲著水。學姊轉身離開病房，留下飄杳不散的香氣。

值班是每個醫生的生涯必經過程，至於值班制度的說明是老生常談了，正如同之後圖中會說明的，是慘無人道的36小時馬拉松。但近幾年來，各家醫院主管良心發現（再加上法律的規範），紛紛開始PM OFF的制度，就是在值班隔天的中午就能下班，會有人力調度來頂替你的醫療工作（也有AM OFF的制度，就是早上八點休息到12點半，看各科的需求去安排OFF的時段）。

值班內容不外乎就是處理病房或急診事務。一般來說，值班整晚都是無縫接軌的忙碌並不多見，通常會有空檔時間。在時間瑣碎，並且時不時有緊急事情要處理的狀況下，如何完成吃喝拉撒睡是一門藝術。吃是小事，院內便利商店24小時開放，是所有醫護人員的好朋友。

至於洗澡，有人堅持值班當天不洗澡，就怕病人出現緊急狀況。但持相反意見的也不少。「不然值班室的淋浴間是做裝飾用的嗎？不能因為怕有緊急狀況就不做任何事啊，這樣不就連大小便都不行，太虐待人了。」所以就出現上述學姊戰鬥澡洗到一半，頭髮濕淋淋地衝到病房幫病人插管CPR急救，香氛淋漓搭配彈跳的髮絲在生死關頭的戰場內形成強烈的對比。

為了保護好公務手機，有一些人會把手機裝在檢體袋裡（專門用來裝人體組織的袋子，在病房隨處可得）。經過實驗，手機裝在檢體袋裡，手指依舊能觸控螢幕。如此一來不用擔心洗澡洗到一半會被蓮蓬頭沖濕，更不用擔心拉屎途中接手機時，意外滑進馬桶裡會沾到大便。檢體袋在醫院如此方便取得又如此萬用，是前人流傳下來的生活小智慧。

一般人也會很好奇，如果吃喝拉撒都解決了，值班還有空檔時，醫生都在幹嘛呢？睡！能睡就睡，誰也無法保證你下一秒能不能睡。大半夜病人出現狀況，護理師會打電話聯絡值班醫生前來。睡到一半的值班醫師，不管電話另一頭的護理師如何連珠炮似地講述各種資訊，只會覺得耳中的聲音好遙遠。當意識被漸漸拽回現實世界時，聲音才會越來越清晰。強迫開機的腦袋很不管用，只能篩選留下關鍵字眼，哪一樓哪一床、生命徵象如何，其他的就到現場再說了。而我是經常走到護理站就忘記剛剛護理師說哪個床號的金魚腦。

交班之後，知道病房裡有幾床隨時可能病情爆炸的病人，高壓下其實也很難睡著。有人選擇處理早上未完成的病歷，有人做報告、寫論文、念書、玩手機遊戲、用平板追劇。值班很看命數，有人非常悽慘，事情一件接著一件來，有人則是一覺到天亮。但推給命運也不太有道理。有人就是能力比較強，能夠在病人病情急轉直下前發現端倪，及早做處置，我們笑稱是拆炸彈專家，枝微末節都不放過的情況下，當然事情一項接著一項來。有人則是擅長判斷病情的輕重緩急，能夠置放到早上的事情絕不當下處理，不占用值班時間跟體力。另外，當病房有專業的護理師鎮守時，可以幫忙處理很多病房事務，替醫生省下不少時間。護理師是值班醫生能否好好儲存體力的重要關鍵啊。

值班的循環從3天一班到8天一班都有，就看該科的人力充足與否。值班是生活，生活是值班，值班的隔天才是痛苦的開始。做為生物，逼著自己在該睡覺的時候繼續戰鬥，結果就等著疲累債台高築。值班隔天很常是精神恍惚，頭腦沉重得好像世界要顛倒一樣，但還是要提起精神繼續工作。就像之後圖裡面會提到的，值班後的我們都在酒後駕駛啊（笑）。

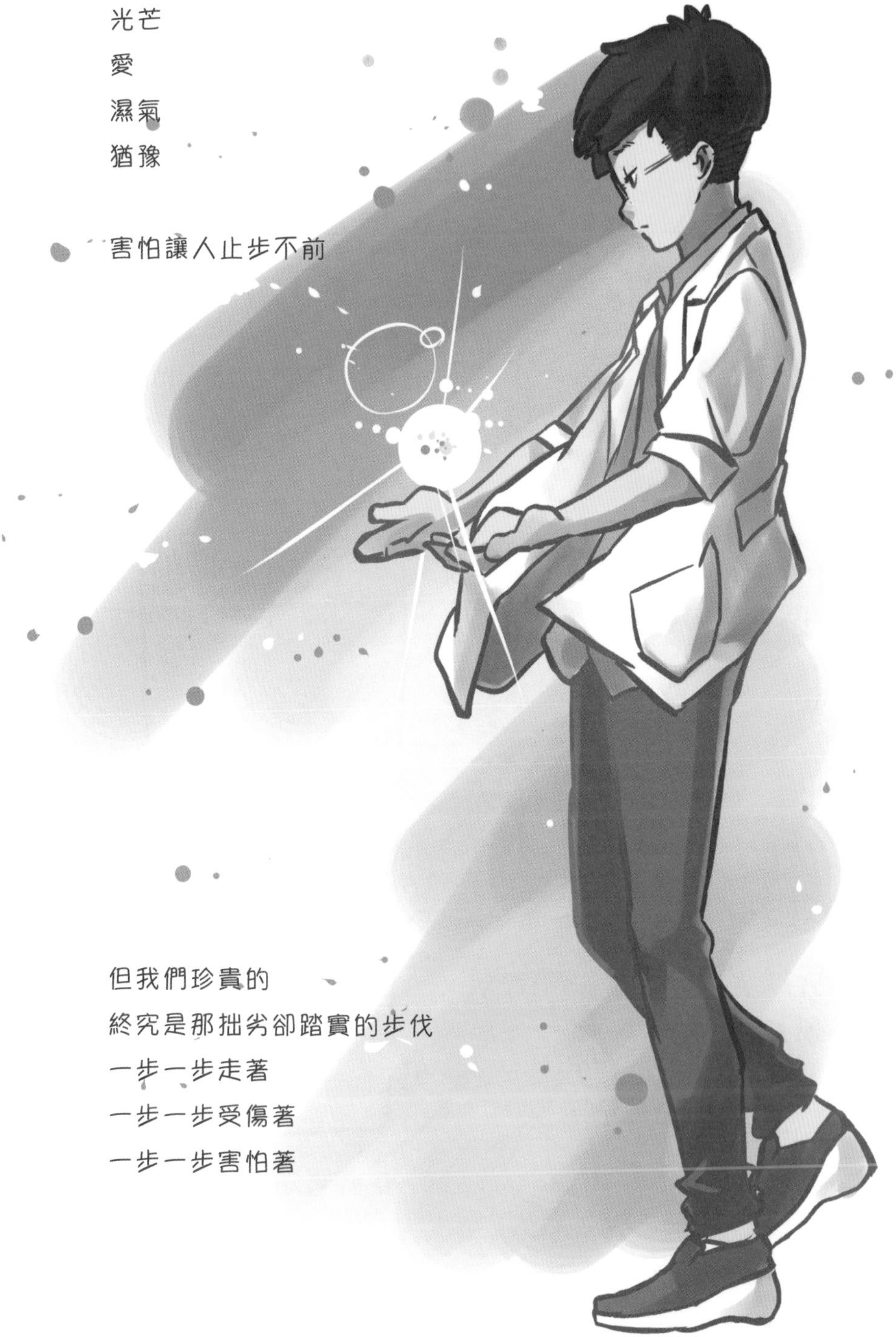

光芒
愛
濕氣
猶豫

害怕讓人止步不前

但我們珍貴的
終究是那拙劣卻踏實的步伐
一步一步走著
一步一步受傷著
一步一步害怕著

腦袋開機中

值班睡值班室

鈴
鈴
鈴
嗯!
喂……
你……好……
的病人,underline
有肺癌,這次是入院
進來做支氣管鏡檢查.
剛剛開始抱怨胸口
悶悶的.Vital sign量
起來血壓170/85.
呼吸23,沒有發燒
醫生你要來看一下嗎
所以是
哪床病人?
105-122
床!我最一
開始不是有
說!!
腦袋還在開機

值班制度

醫生值班時數大解密！！

12 + 12 + 12 = 36 小時！！

白天上班，接著夜晚值班，再接著白天上班、下班……

研究指出，值班醫師精神狀況跟酒醉一樣

你我都有機會被
精神狀況如酒醉的
醫師治療
這就是台灣，
請大家自求多福

目前台灣部分醫院開始實行
Am off 或 Pm off，是相較之
下佛心的開始

pm off 為值班隔天下午放假
am off 為值班隔天上午放假

洗澡

值班最怕在洗澡
時公務機響起

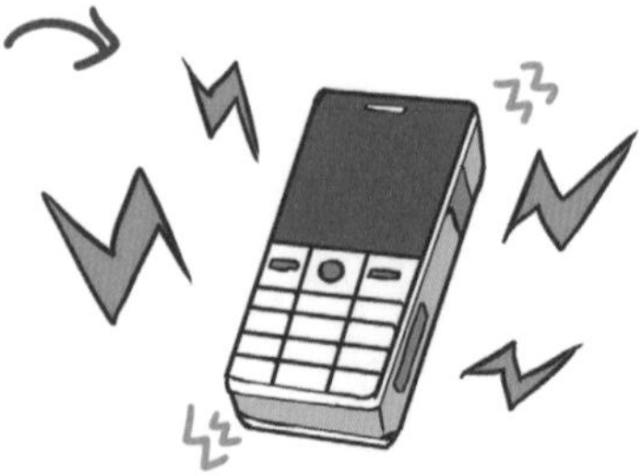

想像圖

喂，66病房是嗎？
好，馬上過去。

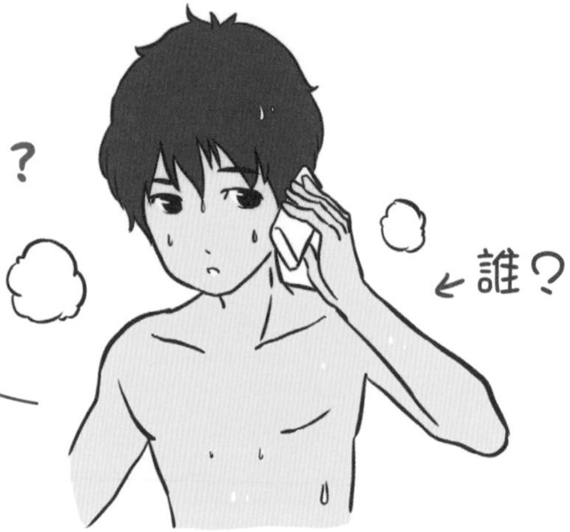

現　實

啊幹，手滑

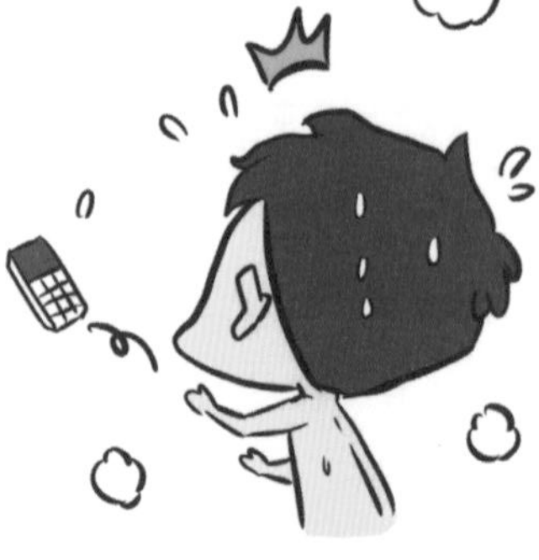

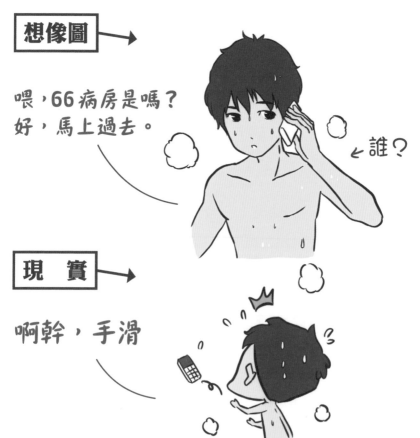

值班禁語

迷信

學弟，現在講求實證醫學
滔滔
任何的決策都要有嚴謹的研究證據
不絕
學姊，鮮打鳳梨汁
啊啊啊！
ㄟ走開！！
打咩ㄉㄟˇ斯

珍珠奶茶

妳又喝珍珠奶茶，
小心變胖
碰！
我們早上開始抽血、跟查房、量生命徵象、發藥、換藥，一堆同意書要填，一堆報告要追，一堆新病人要接，一堆急救要救，一堆記錄要打
何時吃飯？！只有高熱量的珍奶，能隨手一口，再戰3小時！
情非得已啊～～
懂？！
了……了解
哼！
（我喝）

投票日

怎麼辦，投票那天我被排值班，跟別人換班又不太行。大家都要回去投啊……怎麼辦？
你就去投吧，班我來值
馬來西亞僑生

（噴淚）

過年

嘎啊，年獸來啦！！
啊啊，過年值班啊
急診病人數要爆了
團圓飯是啥？能吃嗎？
除夕便當好爛
馬的，到底是誰
發明過年
叫那個畜生來值
班啊，法克
對……
對不起……

農民曆

我明天值班嬰兒室，
可是我臨時有事，可
以跟你換班嗎？
喔喔，好啊

當天
第二床
Check in~
今天怎麼這麼多
寶寶出生啊？
嗯，有屁眼、陰部有分泌物、先天反射都有
學弟，你是跟人換班嗎？
來，這本借你看，我已經
把今天的日期做記號了

農民曆
農曆 1 月
宜 祭祀祈福
求嗣、求子、
生子齋醮嫁娶
可是我臨時有事，
可以跟你換班嗎？
喔喔，
好啊

挑生小孩的好日子
跟我換班嗎……
加油
風蕭蕭兮易水寒
第八床
Check in~

聖誕樹

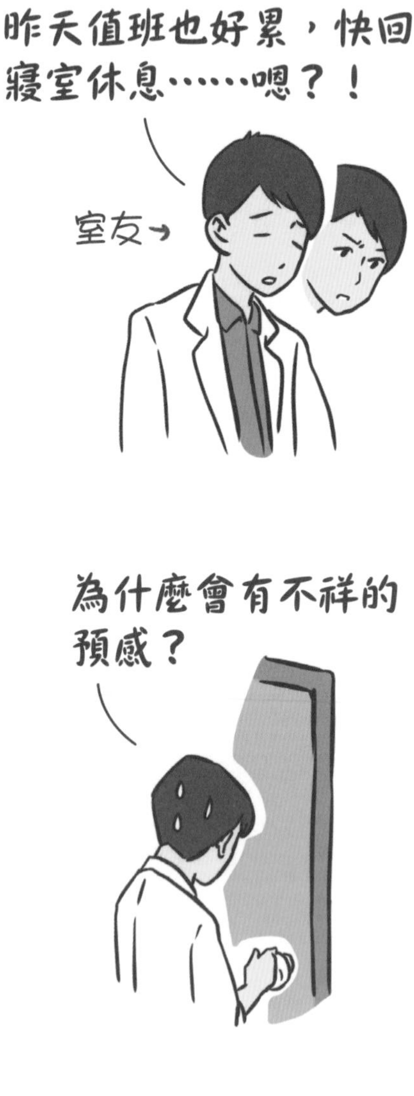
昨天值班也好累，快回寢室休息……嗯？！
室友→
為什麼會有不祥的預感？

喂！
你該不會
又亂買

什麼東西……
←剛布置完，
欣賞中

涼風

綠色的微風吹進嘈雜的人聲中
蒸氣一波跟著一波滾滾而出

束縛多了滋味
一致的香氣包裝了不同面向的內裡

有何不可的人生

診間大哉問

跑急診的這段期間會被分配到診間班，第一線接觸掛急診的病人，也常常會遇到啼笑皆非的小故事，看見民眾對於醫生的各種迷思。

「就是ＸＸ醫院的那個李○○醫師啊！一定是誤診啦！」最常遇到的狀況是病患抱怨前一位醫生。或許是來到醫學中心會讓人格外放心，也認為自己的病有救了，就放心抨擊前一位醫生。

首先要釐清的觀念是，醫學中心並不完全由名醫組成，還有像我這種菜鳥啊（吶喊）！區域醫院和醫學中心常有合作，經驗豐富的老前輩常會到區域醫院支援，支援內容多元，包括教學、開會以及看診都有。民眾抱怨的對象，其中有許多都是我們的老師，每次聽到時心中總是捏把冷汗。不能說前輩做的永遠都是對的，但是就區域醫院的醫師皆不如醫學中心的醫師這點而言，真的讓人不敢苟同啊。

從我們踏進醫院的第一天開始，就被再三教誨：「絕不能在病人面前批判前一位醫生的醫療決策。」疾病有它的進程，時間點不同，醫療決策便不同，或許下個時間點的結果就推翻了先前的醫療決策。學長曾說：「當你的經驗越多，就會越謙卑，越了解自己不足的地方。」聽到民眾在抨擊前一位醫生時，我們很少跟民眾瞎起鬨，通常是笑而不答來蒙混過關。

近年社群網站發達，醫生也流行起經營自己的個人粉絲專頁。有時會看到醫生發文舉例其他醫師誤診的例子，呼籲民眾看病要選對人。宣傳與行銷是這個世代的潮流，或許有很多醫師都想為自己建立品牌。從民眾的立場來看，這樣的文章或許符合需求，但就醫療人員的立場而言，可能有失厚道。證明自己優秀可以用很多方式，但踩著別人前進一定不是最恰當的那個。

「你們每個醫生講的都不一樣！」，這又是另一種常見的病人抱怨疾病解釋是一種技能與藝術。這是我朋友E遇到的例子，以下的段落是由朋友E撰寫完成的：

當我們試圖把複雜的醫學知識從症狀到診斷、從檢查結果到治療方針，解釋到讓家屬及病人能夠理解的過程中，經過各種修辭，有譬喻、有轉化、有省略、有互文見義，有時可能還有一點倒反，以至於不同的醫師之間，常讓病家覺得「說詞不一」。

朋友E很氣憤表示：「我是不相信如果叫10個物理學家來解釋給小學生聽，什麼是萬有引力，他們10個的說法能有多一致，更何況裡頭還有會錄音、會隱瞞之前學到的知識、堅稱老師沒教裝不懂、還會用美術教材來質疑他們的小學生。」

還有一種病人，和先前介紹的會一直抨擊前一個醫生的那種病人不一樣，他們會刻意隱瞞自己看過多少醫生，在心中默默比對每個醫生的說法。那種不讓醫師知道有前一個醫師存在，再來挑醫師的語病，說醫生說詞反覆的作法真的讓人覺得很不舒服啊。

最後一種常見的類型是，「你看過之後就好很多了呢！」其實很大部分在診間遇到的疾病是可以不藥而癒的。疾病有一定的進程，身體的免疫系統需要的不是藥物，而是時間，所以就看哪位醫師運氣最好遇到病快痊癒的病人，撿完尾刀瞬間變名醫呢（笑）。在方便當隨便的健保制度下，民眾經常是天天換診所，看見狀況沒有改善，馬上往醫學中心跑，分級醫療在台灣完全失敗。可悲的是，醫院也需要業績，需要看診量，醫師也想盡辦法招來一堆根本不需要看病的病人，不知不覺中，真正有需要的病人就少了許多診療時間。從不知道哪個環節出錯之後，台灣醫療向下沉淪的速度就越來越快了。

女朋友怕痛

打止痛

等等傷口換藥會很痛，
要打止痛藥嗎？
打止痛算什麼男人！
那請家屬在
外面等喔，
妳是……
我是他女友，那就麻煩醫生了
（走遠）
醫生……我……
我要打止痛……
（超小聲）

代溝

醫生說的
給妳帶止痛藥、抗生素回去吃，
若不痛了，止痛藥就先停
病人聽到的
給妳帶止痛藥、抗生素回去吃，
若不痛了，止痛抗生素先停藥
好的
那個醫生竟然跟我說抗生素可以自己停欸
這顆抗生素還能止痛
哇！這樣會有抗藥性吧！
網路上有說

疾病病程

當醫生有時候靠運氣，很多疾病都是靠自身免疫力，病自己會好，只是需要時間。
病毒です
醫生，以上就是我不舒服的地方
這是一般感冒，多休息。給你症狀治療。
兩天後
病毒哭哭
我上個醫生吃的藥都不會好
好的，我再調整用藥。
再兩天後
看這麼多醫生都不會好！幫幫我啊！
我會盡力的。
隔天
醫生！我吃了你的藥隔天就好多了！真是名醫。
名醫稱號GET，可遇不可求吶。跟在刷寶一樣。

網路這樣說

醫生啊！那像我這樣糖尿病，是不是胰臟燒完了？我上網查是這樣說。
糖尿病不是這樣的。網路上的東西參考就好。
不行啊，醫生，網路又寫，我還會流失脂肪跟肌肉。
太太妳聽我說
醫生！網路上還寫說
喀嚓
來，電腦借妳。
學弟，我們去喝咖啡。

那顆白白的

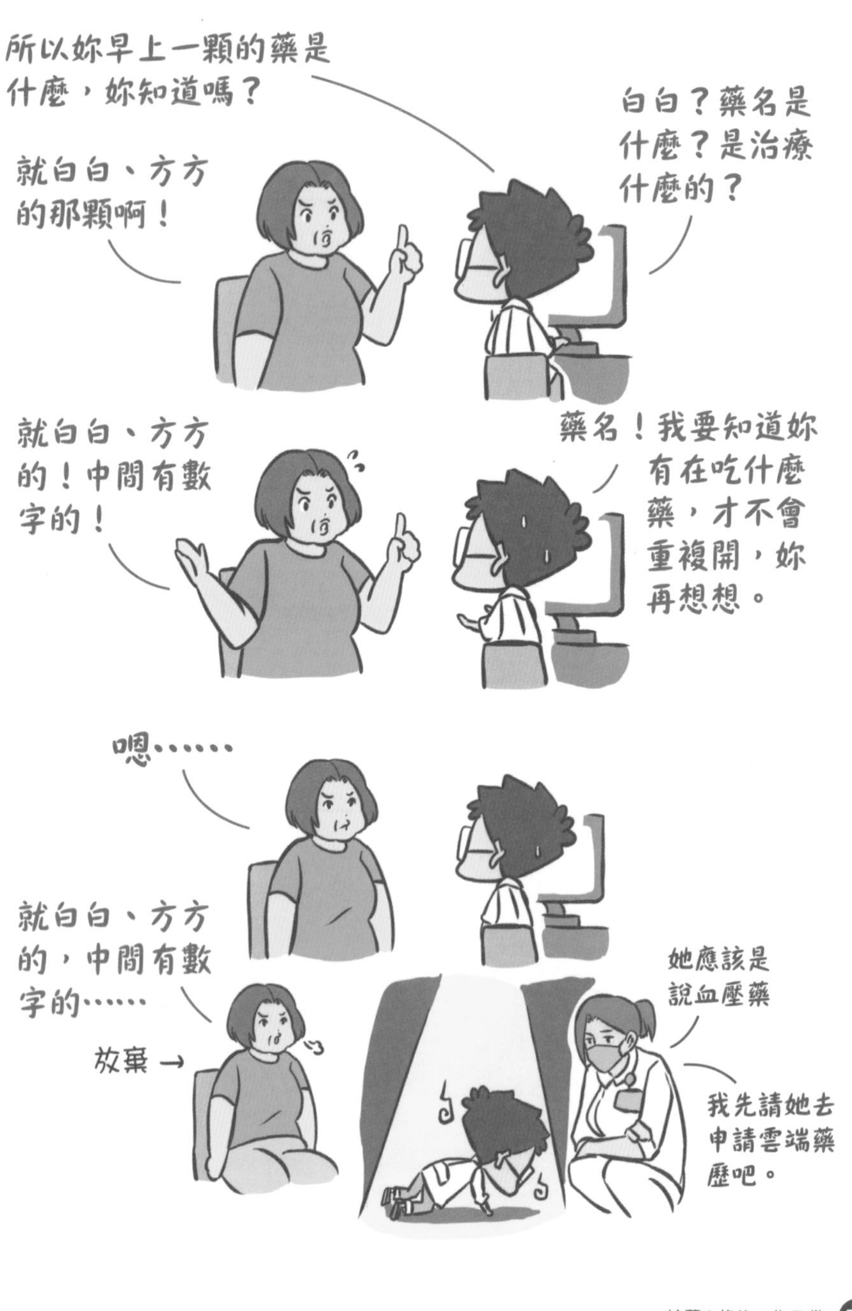
所以妳早上一顆的藥是什麼，妳知道嗎？
就白白、方方的那顆啊！
白白？藥名是什麼？是治療什麼的？
就白白、方方的！中間有數字的！
藥名！我要知道妳有在吃什麼藥，才不會重複開，妳再想想。
嗯……
就白白、方方的，中間有數字的……
放棄→
她應該是說血壓藥
我先請她去申請雲端藥歷吧。

照相迷思

民眾對於影像類的檢查或多或少都有些迷思，有時候真的是挺有創意的。
上次照X光後，覺得痠痛好很多，可以再照一次嗎？
阿姨，X光不是放射治療。
注射完顯影劑，我之後尿出來的尿會發光嗎？
不會，放心。
我照完X光，回家後抱孫子，怎麼辦？輻射照到孫子了！
不會照一次就變輻射人。
不能抱孫子，難道就能衝過來抱我們嗎？

顯影劑發光

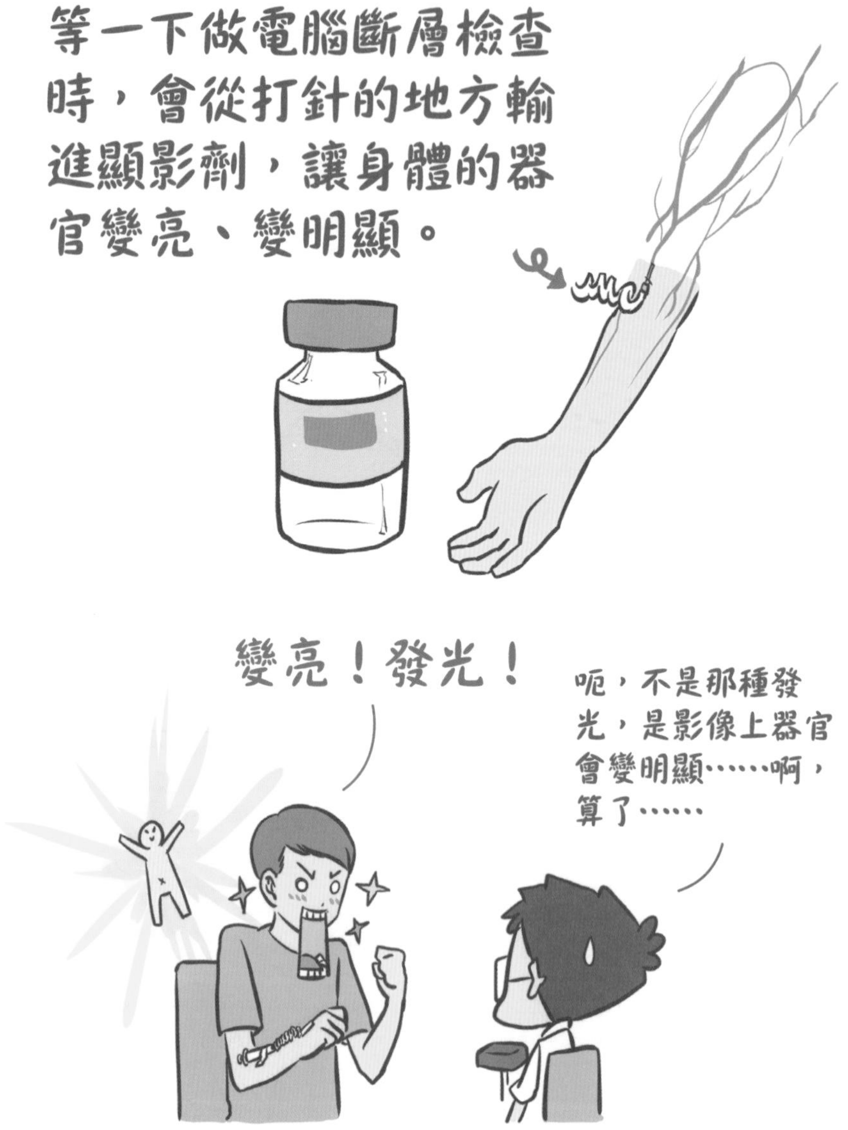
等一下做電腦斷層檢查時，會從打針的地方輸進顯影劑，讓身體的器官變亮、變明顯。
變亮！發光！
呃，不是那種發光，是影像上器官會變明顯⋯⋯啊，算了⋯⋯

外地支援強主任

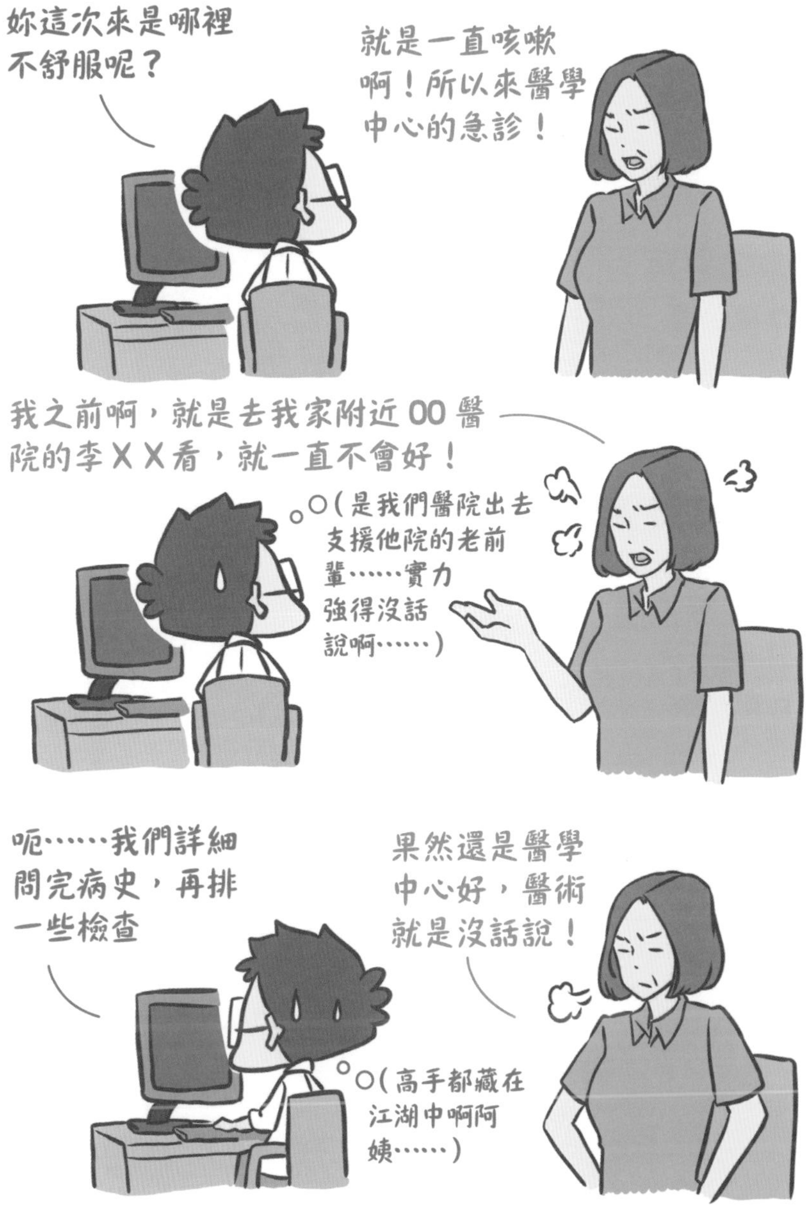
妳這次來是哪裡不舒服呢？
就是一直咳嗽啊！所以來醫學中心的急診！
我之前啊，就是去我家附近OO醫院的李XX看，就一直不會好！
（是我們醫院出去支援他院的老前輩……實力強得沒話說啊……）
呃……我們詳細問完病史，再排一些檢查
果然還是醫學中心好，醫術就是沒話說！
（高手都藏在江湖中啊阿姨……）

台灣價錢

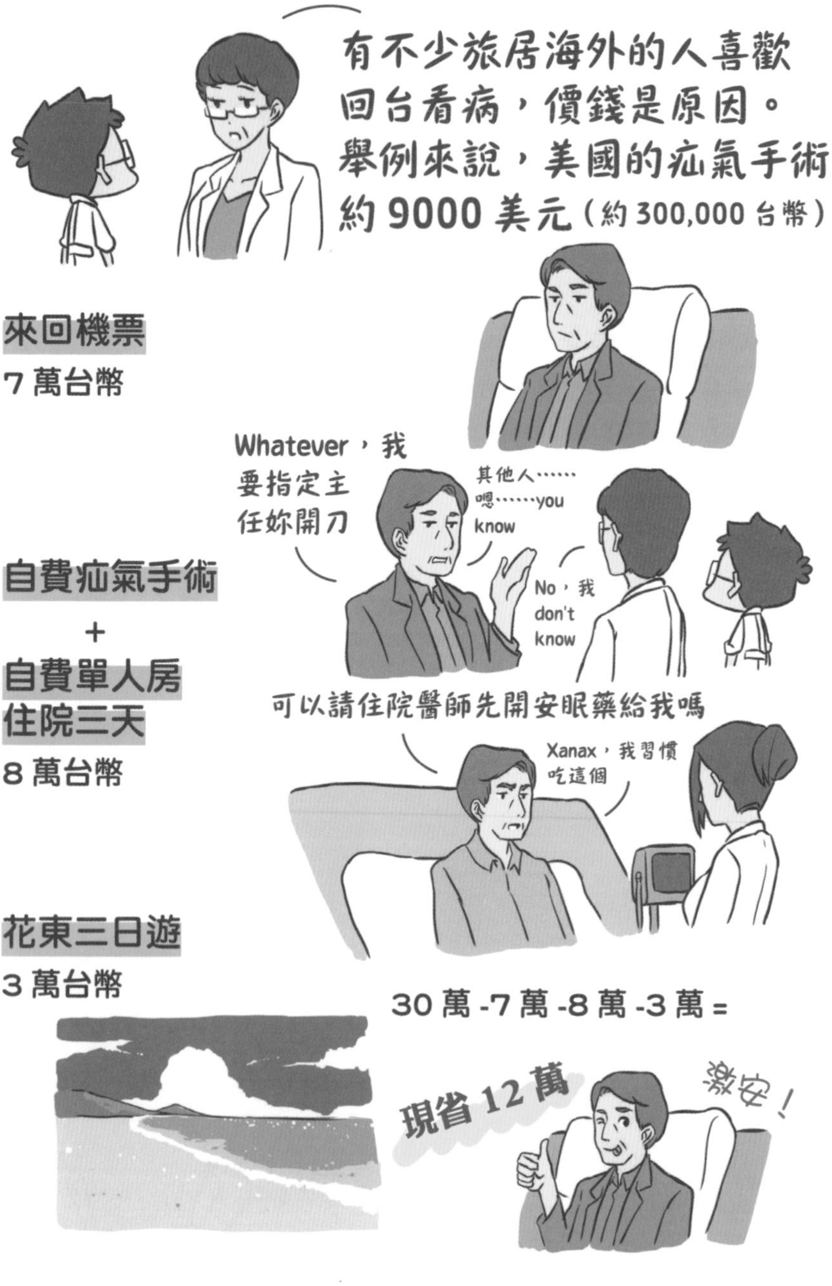

有不少旅居海外的人喜歡回台看病，價錢是原因。舉例來說，美國的疝氣手術約 9000 美元（約 300,000 台幣）
來回機票
7 萬台幣
Whatever，我要指定主任妳開刀
其他人……嗯……you know
No，我 don't know
自費疝氣手術
+
自費單人房
住院三天
8 萬台幣
可以請住院醫師先開安眠藥給我嗎
Xanax，我習慣吃這個
花東三日遊
3 萬台幣
30 萬 -7 萬 -8 萬 -3 萬 =
現省 12 萬
激安！

拍桌

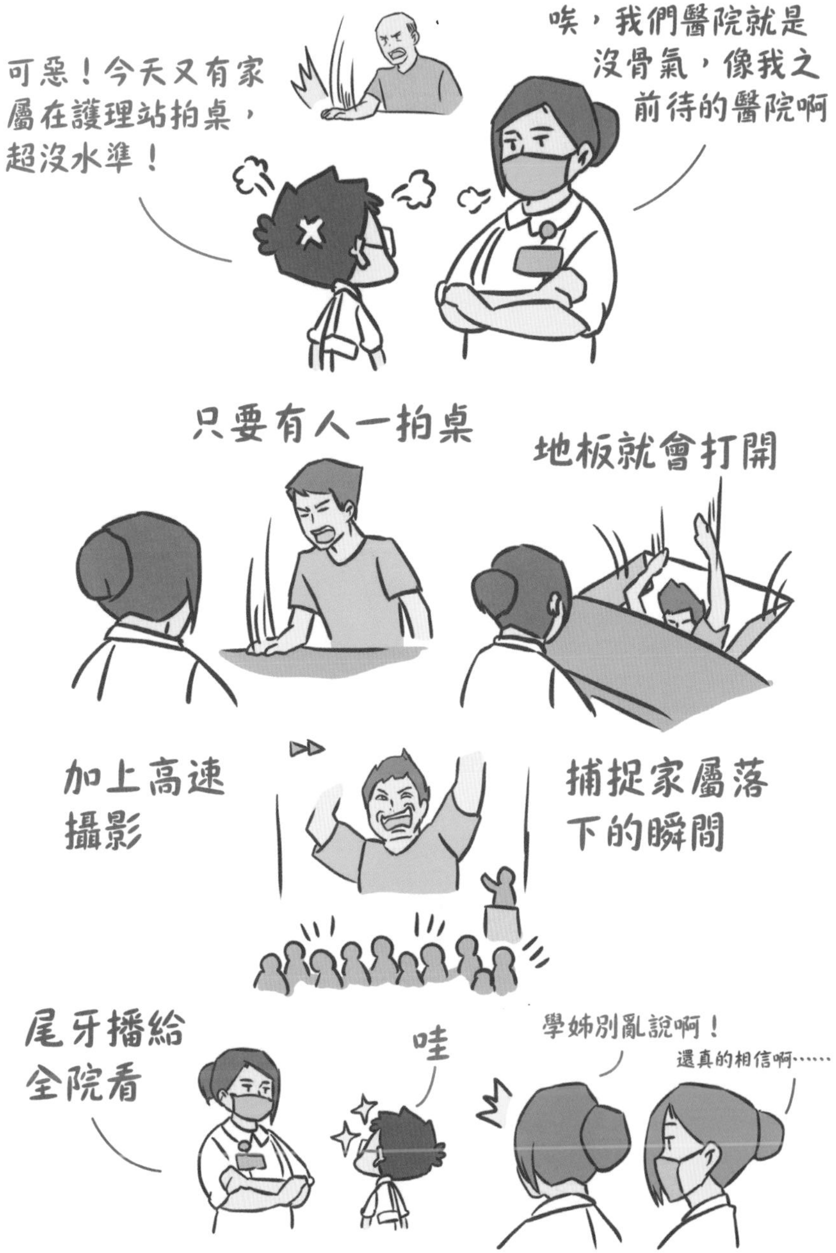
可惡！今天又有家屬在護理站拍桌，超沒水準！
唉，我們醫院就是沒骨氣，像我之前待的醫院啊
只要有人一拍桌
地板就會打開
加上高速攝影
捕捉家屬落下的瞬間
尾牙播給全院看
哇
學姊別亂說啊！
還真的相信啊……

找院長來

抽痰怎麼抽的，抽到她差點吐出來！我認識你們院長喔，小心我叫他來！
喀嚓
叫他來幹嘛？叫他來抽嗎？如果妳叫得動院長來抽痰，我也是滿佩服的。

找議員來

我爸爸手術結果怎麼變這樣！
你們最好給我們一個交代，別逼我找認識的議員來
喀嚓
希望你找的議員可以治好你父親的病

刺青

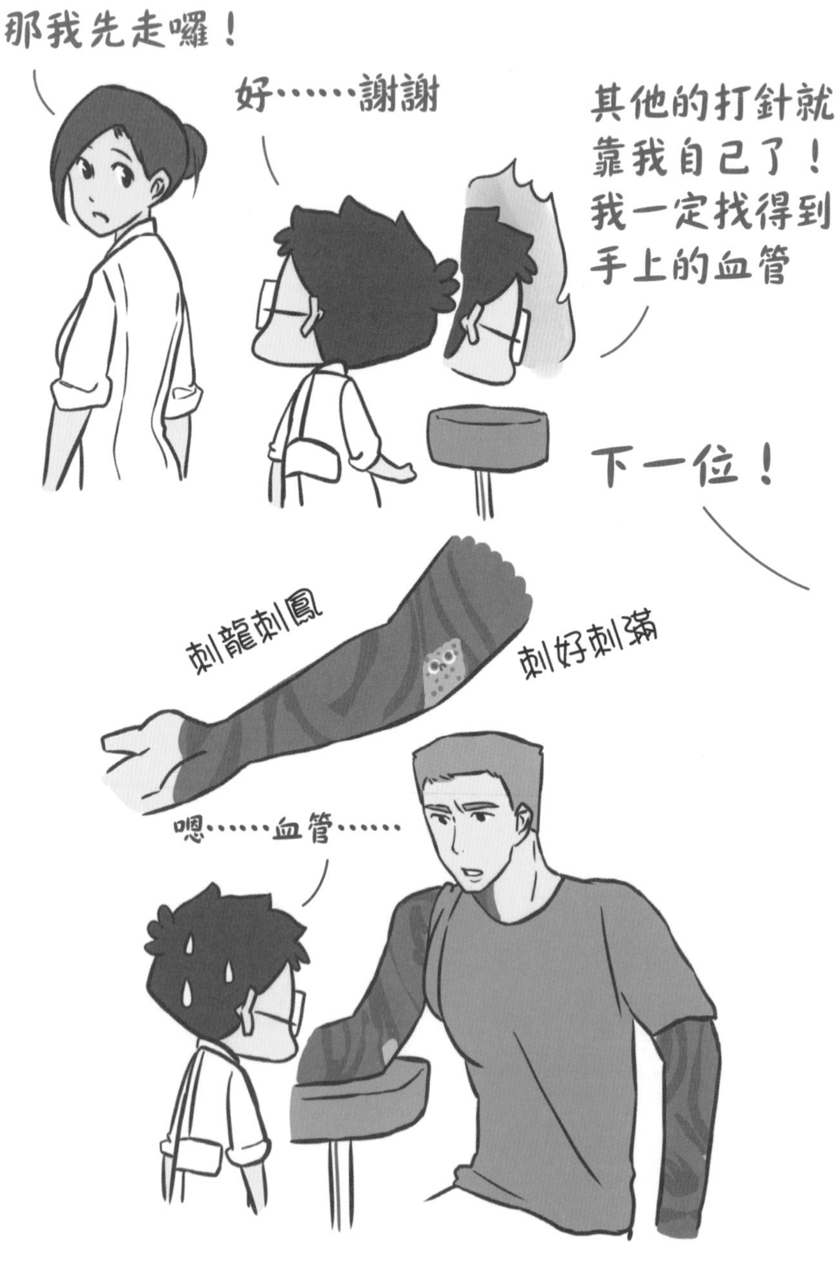
那我先走囉！
好……謝謝
其他的打針就靠我自己了！我一定找得到手上的血管
下一位！
刺龍刺鳳
刺好刺滿
嗯……血管……

加壓止血

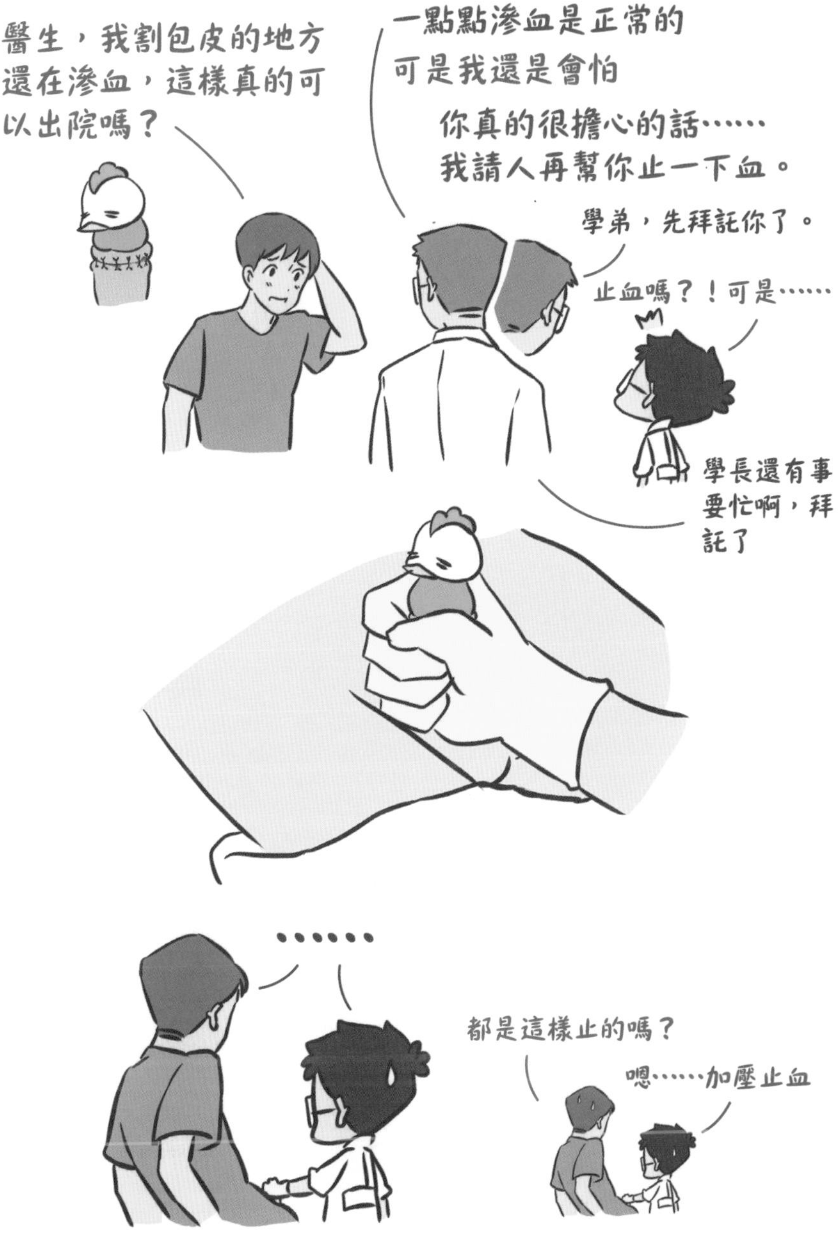
醫生，我割包皮的地方還在滲血，這樣真的可以出院嗎？
一點點滲血是正常的
可是我還是會怕
你真的很擔心的話……
我請人再幫你止一下血。
學弟，先拜託你了。
止血嗎？！可是……
學長還有事要忙啊，拜託了
……
都是這樣止的嗎？
嗯……加壓止血

導尿管

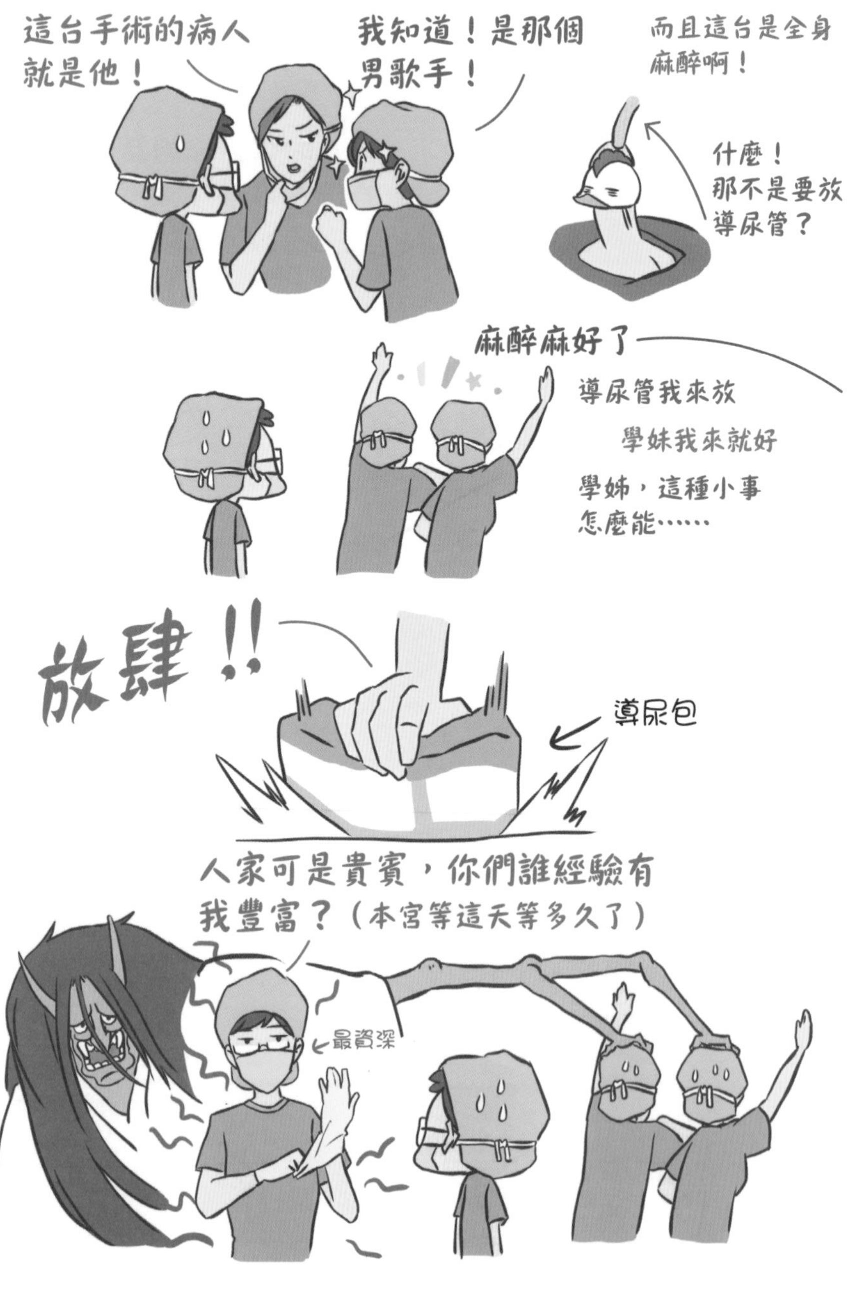
這台手術的病人
就是他！
我知道！是那個
男歌手！
而且這台是全身
麻醉啊！
什麼！
那不是要放
導尿管？
麻醉麻好了
導尿管我來放
學妹我來就好
學姊，這種小事
怎麼能……
放肆!!
導尿包
人家可是貴賓，你們誰經驗有
我豐富？（本宮等這天等多久了）
最資深

脂肪肝

先生，你有脂肪肝喔
什麼！那要怎麼辦？開刀可以解決嗎？
手術是不用，主要就是飲食控制，然後一定要運動
可以從騎……嗯？睡……睡著了？？！
耳……耳邊風？
這麼明目張膽把
我的話當耳邊
風？！

腸胃炎

你LINE說身體不舒服，叫我快來看是怎……欸欸？！
乾涸
超凹
我一直拉肚子，醫生說我是腸胃炎
我想說讓肚子休息一下，三天沒吃東西了
是誰跟你說不用吃的？
我快不行了，有沒有特效藥？
腸胃炎沒有特效藥啊
庸醫……
庸醫？！
成人的急性腸胃炎是不需要禁食的。病患在不會吐的前提下，鼓勵以少量多餐的方式飲食，但要避免太油、太甜的食物。
激不得
2008年有一篇BMJ系統性回顧文獻指出，禁食並不會縮短腹瀉的時間。適當補充營養和水分才是王道。所以腸胃炎要吃東西、要吃東西、要吃東西！
那我要吃牛排
太油了，不行！
吼唷……
一生病就會撒嬌的個性

問診的技巧

正在問病史
請問有結婚嗎？
當然有啊！我都這把年紀了，看起來像沒人要嗎？
我都兩個孩子的媽了
呃……請問有小孩嗎？
等等！我還沒結婚欸！我的身材看起來像有生過小孩嗎？不是應該先問有沒有結婚？
Oh~my God~
我聽不懂 看不懂
學不懂
都不懂
Please~tell me please~
生命有太多疑惑

公開不公開

有些病人對於病情和過去病史的公開程度很在意，一定要再三確認
嗯嗯
請問剛剛陪同的是妳男朋友嗎？
對
再跟妳確認一下，除了過去懷孕次數絕不能被他知道外，還有其他的嗎？
年紀
你要是敢在他面前提到，我就捏爆你

骨科硬派

學弟來幫忙一下，一起把那位病人的骨折復位
喔喔！那要開個止痛藥嗎？tramadol ？ morphine ？
蛤？不用吧，一瞬間而已
可是復位不是很痛……
嗯……不然……
再多準備一條毛巾好了
讓他咬著
這……這麼硬派嗎？
學長你的笑容好可怕

急診上班看天氣

妳在幹嘛？一臉緊張兮兮
我急診在連假時有班，
正在查連假天氣……
法克！
晴天！再加上
日夜溫差大
傳說中急診量
爆炸的黃金組合啊啊啊！
好天氣，民眾
上急診零阻礙
日夜溫差大，
老人中風機率
大增

情人節

肚子痛多久了？
親親，肚子還會痛痛嗎？
嗯，痛痛，情人節掛急診好討厭……
不痛不痛
人家都是被你頂到反芻了啦
對不起

I'm fine
超級 fine

媒婆型病人

等等就可以辦出院了，
阿姨，還有什麼要問的嗎？
太好了，你們真的很細心照顧我。不曉得醫師你有沒有
缺女朋友呢？
呃？！
不瞞你說，我有一個女兒跟你年紀相仿，你們可以認識一下。
不管你有沒有女朋友，先看看我家女兒的照片吧♥
（滔滔不絕）
（永不放棄）
其實我兒子也是很帥呢，雖然是跳陣頭的，可是為人正直♥♥
不……不用麻煩了……

採檢體

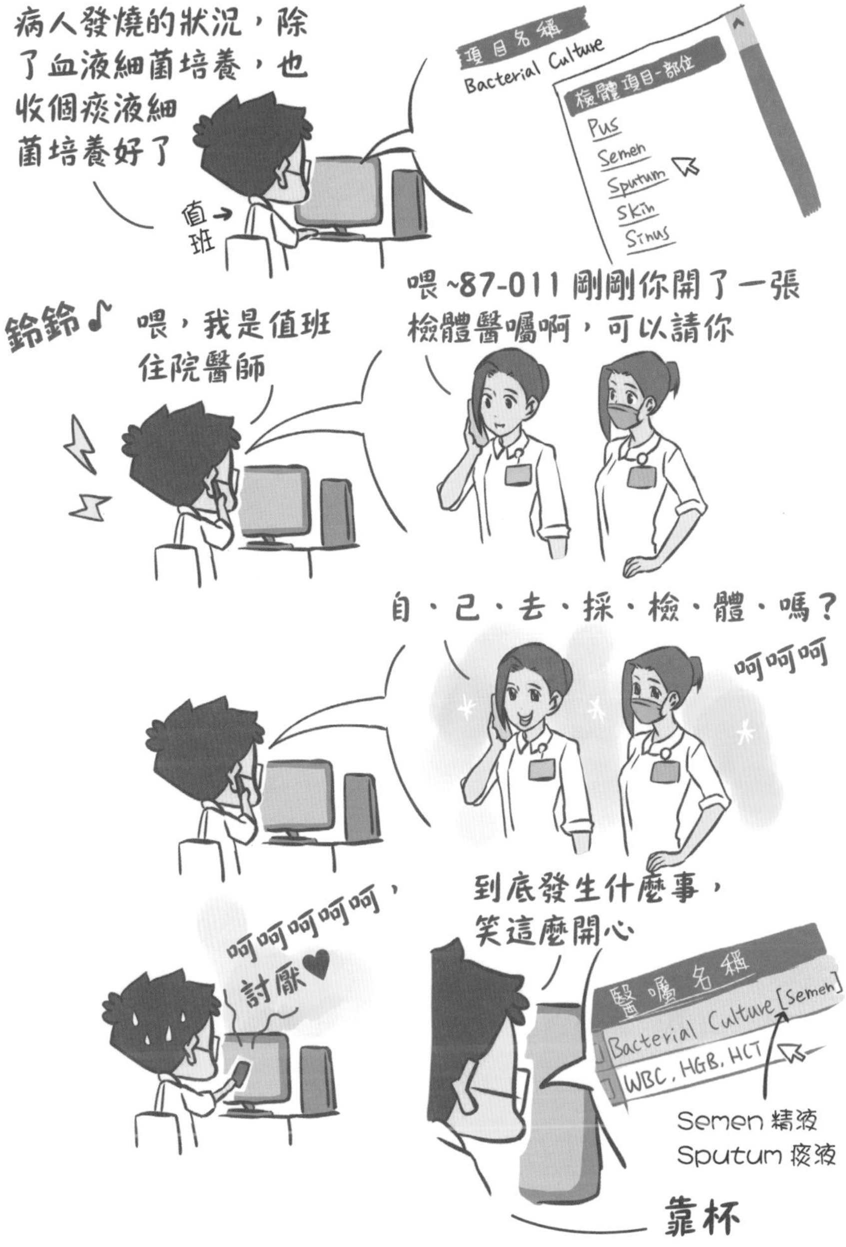
病人發燒的狀況，除了血液細菌培養，也收個痰液細菌培養好了
項目名稱
Bacterial Culture
檢體項目-部位
Pus
Semen
Sputum
Skin
Sinus
值班
鈴鈴♪
喂，我是值班住院醫師
喂~87-011 剛剛你開了一張檢體醫囑啊，可以請你
自・己・去・採・檢・體・嗎？
呵呵呵
呵呵呵呵呵，討厭♥
到底發生什麼事，笑這麼開心
醫囑名稱
Bacterial Culture [Semen]
WBC, HGB, HCT
Semen 精液
Sputum 痰液
靠杯

久坐危機

已經證實整天久坐會
增加癌症病發風險
大腸癌 ↑ 24%
子宮內膜癌 ↑ 32%
肺癌 ↑ 21%
而且調整運動量也不能減少
久坐造成的罹癌風險
解決之道是每小時至少
起身走動兩次
那你還坐著？
呃……
我書還
沒念
完……
少囉嗦，
跟我去動動
等一下啦

FAST

天冷除了瘋下雪，更要注意長輩中風的狀況。口訣FAST，有以下症狀快就醫！

Face 臉歪

Arm 手無力

Speech 講不清

Time 快就醫

抗生素須知

Q 感冒是不是都要吃抗生素？

不是

抗生素是用來對付細菌。病毒造成的感冒，使用抗生素無效。

Q 抗生素是不是消炎藥？

不是

抗生素對抗細菌，緩解感染症狀，不是單純消炎。

超基本！

Q 抗生素需要固定時間服用嗎？（如每8個小時、每6個小時）

一定要

要維持足夠的藥物濃度，才能發揮作用，不是吃多少殺多少。

Q 現在覺得比較好了，可以停藥嗎？

不可以

若不徹底殺光細菌，倖存含有抗藥性的細菌將會大舉進攻。

病人類型

病人家屬也是人，人都有情緒。某些情況下，家屬的情緒比較難處理。

1

天邊孝子型

國外回來的講話最大聲，難得表現孝心的機會

為什麼爸爸的情況會差這麼多？不給我交代，我聯絡律師

2

自以為真男人型

老婆一懷孕，身為老公的 Man 氣大爆發

我老婆在喊痛了！沒聽到嗎？幹

3
新手父母型
全世界只剩下自己的小孩才是人

為什麼針一直打不上？他可是小孩啊！我家寶貝這樣被你們折磨！

4
打卡型
我好委屈

氣死我了
打卡罵死那個醫生
學弟，晚點上FB晃一下，她應該會紅

白色巨塔倒下了
烏煙瘴氣的是針鋒相對的人性
蒙塵的是曾經壯志

我們戴上了防毒面罩
失去靈魂繼續前行
反覆詠唱早已跟不上時代的誓言

治療小孩？治療父母？

為了生命的延續，父母的生物本能驅使自己萬事把小孩放在第一。任何不合理的事情或是要求，只要套上「為了孩子」這個名義，所作所為都會變得神聖無比，即便行動的本質是惡劣、是犧牲別人也在所不惜。這在少子化的社會變得格外嚴重。生物為了在險惡的大自然存活，短暫的幼年期、青春期之後就是成年；但是人類不一樣，硬生生地多了童年。童年這段歲月怎麼想都是增加死亡率的一環。有人類學家指出，童年期的作用是幫父母分擔工作，肩負起照顧兄弟姊妹的責任。大小孩負責帶小小孩，讓父母有多餘的心力去製造更多小孩，增加人類整體的存活率，這在早期農業社會非常明顯。但工業化後的社會中獨生子女當道，父母所有心力就是集中在唯一的孩子上，童年期的小孩從父母的小幫手變成大負擔。家長壓力很大，小兒科醫師壓力也很大。兒科的前輩總是說：「小孩子生病我們通常治療的不是小孩，而是家長。」我沒有小孩，再怎麼努力也無法完全同理父母的心情，只能盡可能地去想像他們的處境。

在惡劣的醫療環境下，比起四大皆空的小兒科還有一個更加岌岌可危的地方：小兒外科。

全台小兒外科的醫生只剩約六十多人。小兒外科和成人外科不同，沒有很細的分科，除了心臟、骨頭、腦部之外，小朋友全身上下的疾病都由小兒外科包辦。兒童的肌肉神經血管比起成人更纖細，對於麻醉的承受度較低，這些都是挑戰。許多先天性疾病是經由小兒外科來手術矯正。當一個家庭欣喜迎接新生命時，卻發現小孩有殘缺，那種落差所造成的反彈力相當大。小兒外科醫師面對不僅僅是疾病本身，也常是病患家庭的壓力出口。一次在診間跟診，病人是一位無肛症手術重建後的小嬰兒。無肛症術後需要定期進行括肛，避免傷口疤痕縮小引起肛門狹窄。而在逐漸增大擴張器號數時，經常會造成肛輕微裂傷出血。擴肛器伸進屁眼撐開時，小朋友當然是一陣哭天搶地，專科護理師一邊安撫一邊專注幫小朋友擴肛。只見小朋友的爸爸忍不住，破口大罵，即便專科護理師耐心解釋，也無法弭平病人爸爸的怒火。

「你沒看到他流血了嗎！走開！」吼聲結束的下一秒，安靜的診間只剩滿滿錯愕。專科護理師不發一語，堅持不離開小朋友。

「先生，你如果不想進行治療，就帶著小朋友回去，不要在這裡欺負人。」周主任冷著臉出現，眼神之嚴厲看得我在旁邊狂冒冷汗。父母面對心頭肉、面對失望跟自責，失去理性的狀況真的太多了。放縱情緒炸彈隨意傷人，對自己小孩的病情絕對沒有幫助，或許還會帶來更糟的後果。「我是為了小孩」不是能合理化任何作為的免死金牌。

雖然平常主任老是調侃欺負專科護理師，卻能在危急之時站出來捍衛自己人，那瞬間真覺得這個阿姨帥呆了。「學弟，這是人之常情，我們不能責怪父母親的反應，但是也不能放著他們亂來。」小兒外科全年無休，主任每天都在醫院，假日也會回病房查房，任何緊急狀況都能聯絡到人。擅長小兒腹腔鏡手術，開刀手法膽大心細，臨床決策果決正確。雖看主任老是講著不正經的話消遣自己的工作，但總能感受到她強烈的責任感跟使命感。啊啊，真不愧是台灣中部的小兒外科女王啊。

人見人怕的嚴厲主任
只有在對待小孩時
才有難得一見的溫柔
瞬間不哭了啊……

威脅

醫院便利商店
我要布丁啦！
再吵我就叫醫生來打針喔！
排隊放空
（往後盯）
欸？！
不要！不要醫生叔叔！
我不要布丁了！
（奇怪，怎麼這麼有效……）
等……等一下……
是醫生哥哥啊

語言發展遲緩

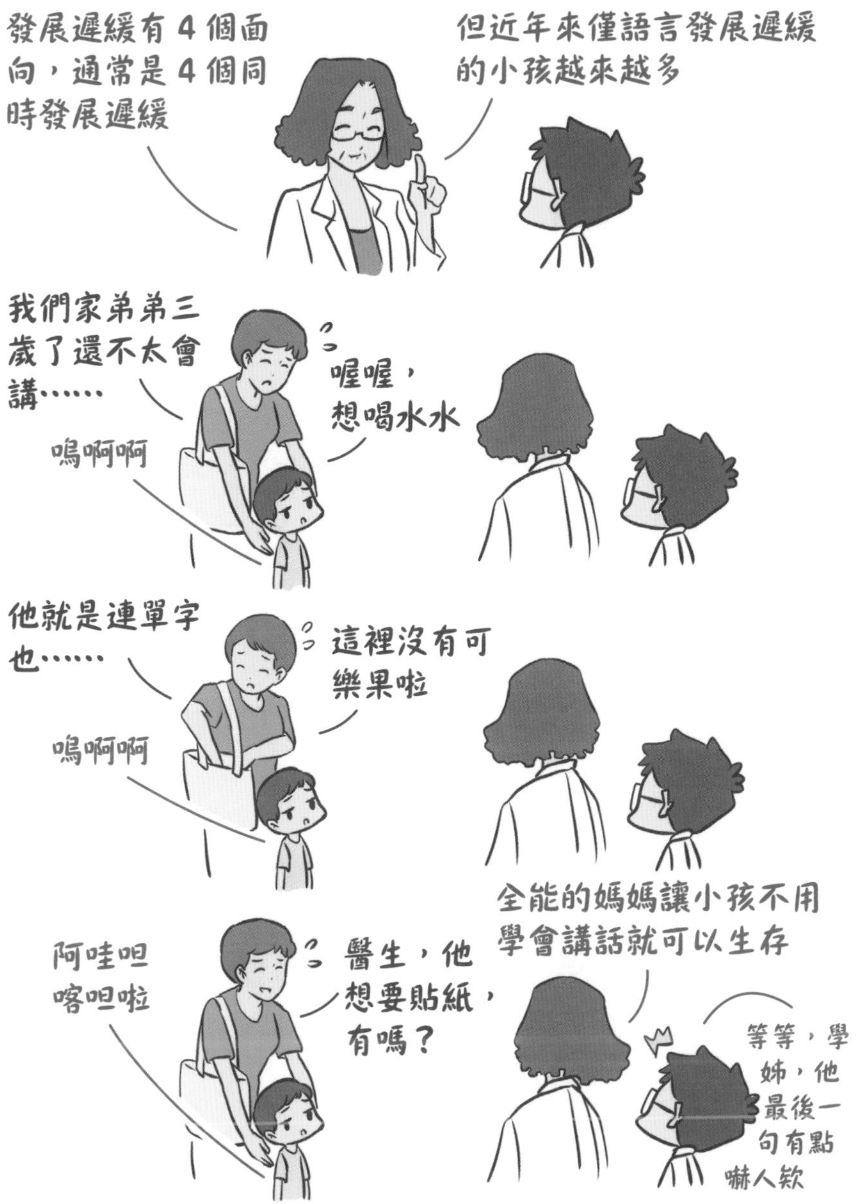
發展遲緩有4個面向，通常是4個同時發展遲緩
但近年來僅語言發展遲緩的小孩越來越多
我們家弟弟三歲了還不太會講……
嗚啊啊
喔喔，想喝水水
他就是連單字也……
嗚啊啊
這裡沒有可樂果啦
阿哇叩嗒叩啦
醫生，他想要貼紙，有嗎？
全能的媽媽讓小孩不用學會講話就可以生存
等等，學姊，他最後一句有點嚇人欸

快月考了

雖然發燒頻率有下降，但建議再住院一天，等狀況穩定
不能早點出院嗎？妹妹快月考了！
但是妹妹腹瀉的情況……
我說月考快、到、了！妳有聽到嗎？
喀嚓
既然月考這麼重要的話，那妳還記得妳國中一年級第二次月考數學考幾分嗎？
阿桑
我考58分

壓舌板

一種壓舌板百樣情

偏食

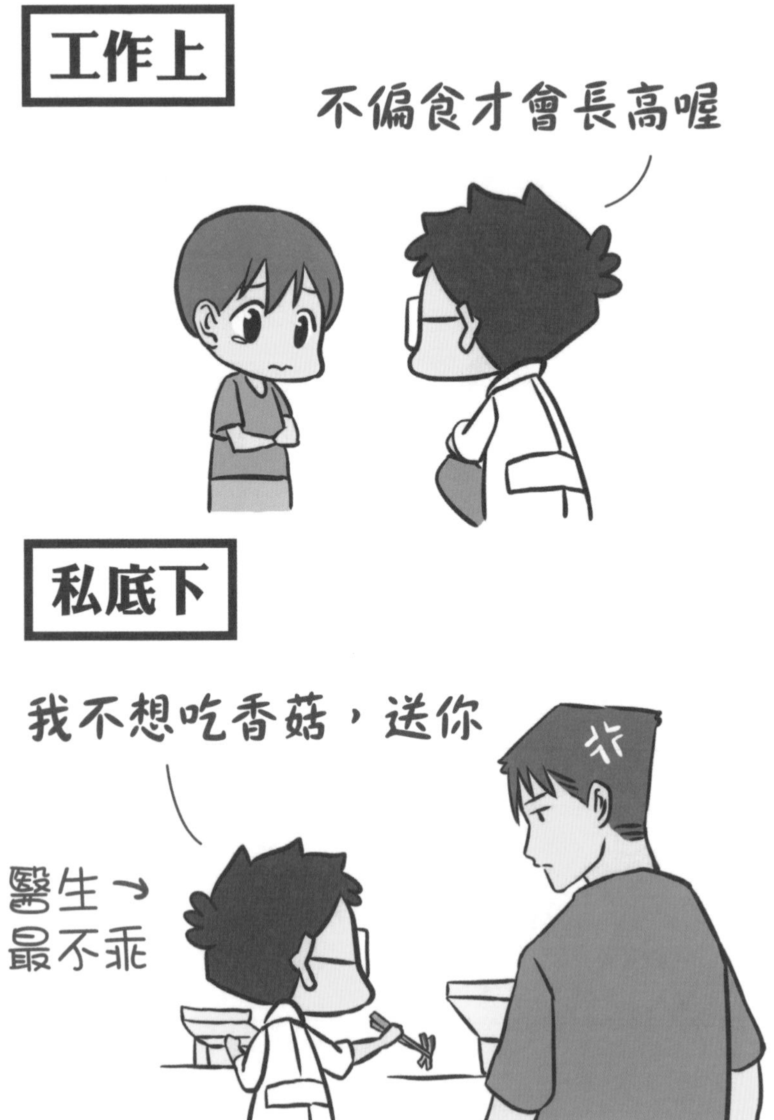
工作上
不偏食才會長高喔
私底下
我不想吃香菇，送你
醫生→
最不乖

喜歡又不喜歡
那樣的矛盾搔弄心神
忘不了 對吧

最可愛的是口是心非
與木然的表情肌肉

點點星光與撲面而來的暖氣
弄得好似冰天凍地不曾存在

開刀房，所謂的無菌觀念

「欸欸！你看啦，他戴上無菌手套之後，還用手去把口罩戴上欸，無菌觀念咧！差評！」朋友看著電影裡面的醫師吐槽不停。每每看電影或是電視劇，最能判斷劇組有沒有預算聘請醫療顧問的線索，不是看插管有沒有亂插，也不是看頭部傷口包紮是不是把繃帶整坨包在頭髮上面（笑），而是看無菌觀念。

無菌是每位醫護人員必學的觀念，也是外科進開刀房前首先學好的基礎。生活中細菌無所不在，開刀是一種治療，也是一種傷害。劃開皮膚後，身體內的器官會失去皮膚的保護而暴露在外界充滿細菌的空間裡。手術房極注重無菌環境的建立，畢竟任何細菌感染都有可能要了術後病人的命。

執手術刀的那雙手尤其是重點。「刷手」是手術參與人員手部的清潔程序。我們會用硬質毛刷沾上消毒清潔液，刷洗雙手至手肘。指甲縫內、雙指間隙都要確實刷過，完整程序進行兩次，讓雙手清潔至接近無菌，接著由其他人員協助穿上無菌手術衣跟無菌手套。

刷手至關重要，也有聽說資深的外科醫師長期刷手的緣故，部分指紋都消失了。不過現在有新產品問世：乾式刷手液，原理是會形成一層薄膜包覆在手上，省去刷手的時間跟痛苦，無菌效果更好，科技萬歲。完成整個消毒程序後，包覆在你身體胸口附近的表面基本上都是無菌狀態，這時候是不能去碰觸其他東西的（那雙手！只能碰病人消毒完的身體，和經消毒後確定無菌的醫療物品）。最高原則就是，醫生的身體和雙手表面這些有機會碰觸到傷口的地方，都要是無菌的。

術後感染會增加病人死亡的風險，使醫療人物力需求大增。寧願在術中多注意一點細節，也不要術後才來處理感染的問題。所以常常可以看到主刀醫師即便雙眼凝視著開刀處，還是常常會天外飛來一筆：「學弟，剛剛流動人員走過去的時候，你手肘有碰到，下去重新換一件無菌衣。」學長你有第三隻眼對吧，我看你兩眼視線從來沒有離開過開刀處啊！

細風捲起春華飛騰
暖陽溫柔而無孔不入
我緊握著飛動的保護色

衣襟的存在
彷彿告訴世界萬物
人類想活著相似卻不相同

不想承認自己放空隨著洪流

膨脹圓滑在風雪交加中
別忘了陽光正與冰寒共存

請選擇最適合自己的方式
遊走人間

捍衛的行為可能匪夷所思

不一定要劍拔弩張

不一定要虛與委蛇

麻醉沒睡著

她就說她肚子餓啊！你們看誇不誇張！這學妹！
就性暗示啊，滿滿的性暗示
拎娘咧幹，我聽了都硬了
（一定速懶趴，叫那個 nurse 別裝）
你不要聽到什麼都硬啦！
手術前麻醉中

呵呵（偷笑）
靠杯

弟弟你還沒睡著啊，
你幾歲？
14 歲

都不知道她桌子
底下的手在幹嘛
年輕妹妹都不會
知道自己在幹嘛
幹，可以來
找我啊
噢！14 歲
就可以繼續
講嗎？

托眼鏡

開刀時，換上無菌手術衣之後，
確實的無菌區域是
紅線標示的地方。

如果低頭開刀太
久，眼鏡下滑怎麼
辦？

請旁邊的學弟托眼鏡

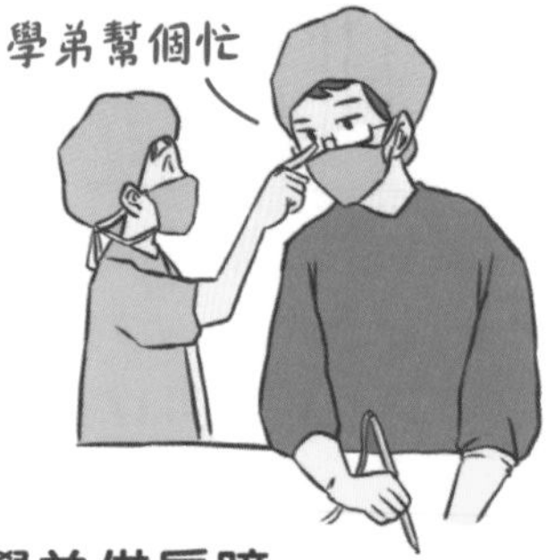
學弟幫個忙

請學弟拿無菌的治療巾給自己托眼鏡

（托）

跟學弟借肩膀

學弟，過來
給我頂一下

外科更衣室

手術房
男醫師
更衣室
請問我可以
進去拿東西嗎？
裡面有人喔
喔喔不好意思！那我待會再……？！
等等，是青春的肉體嗎？！
盯
醫師醫師！剛剛
病人狀況突然變差！
唉呀！
是喔？
欸？！

外科的溫柔

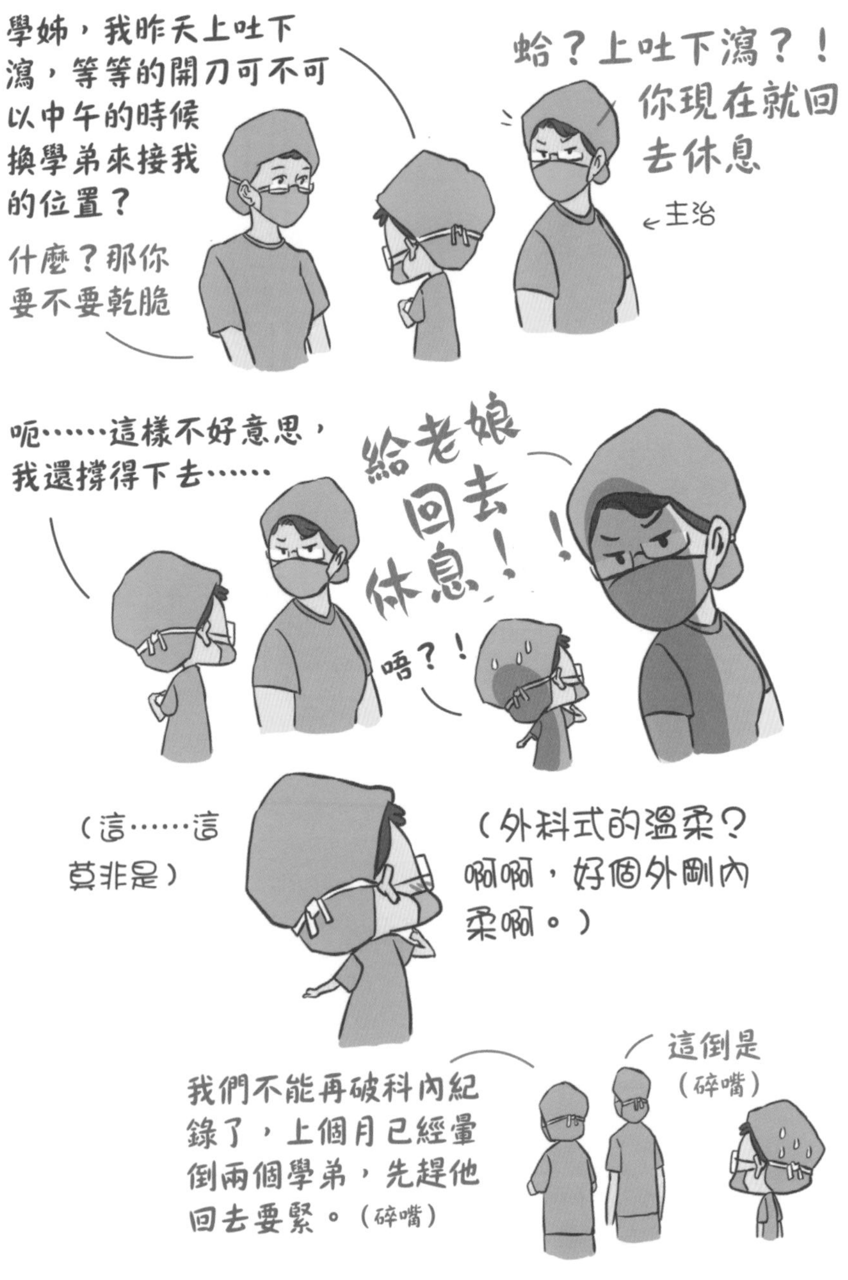
學姊，我昨天上吐下瀉，等等的開刀可不可以中午的時候換學弟來接我的位置？
什麼？那你要不要乾脆
蛤？上吐下瀉？！
你現在就回去休息
←主治
呃……這樣不好意思，我還撐得下去……
給老娘回去休息！！
唔？！
（這……這莫非是）
（外科式的溫柔？啊啊，好個外剛內柔啊。）
我們不能再破科內紀錄了，上個月已經暈倒兩個學弟，先趕他回去要緊。（碎嘴）
這倒是（碎嘴）

我把記憶濃縮成一個魔法球
現在只能從外面凝視曾經不堪其擾的痛苦

但我是否還懷念著過往的悲慟
痛苦至少證明一切還存在著

現在進退維谷
面對當今的自在
似乎少了靈魂

CHAPTER

從醫的必經之路

產房是戰場，絕對是戰場啊！

學姊抬頭一看牆上的監測器，赫然發現某位產婦的胎心音一路往下降。跑進待產室診察後，下了指令：「剖腹產！」產婦因為胎兒窘迫決定緊急剖腹產。護理師們非常迅速分工，學姊打電話通知主治後跑進待產室，並眼神知會剩下來的事情就交給我了。

在一旁的我趕緊聯絡麻醉科、聯絡刀房、會診小兒科、開好醫囑、寫好完整同意書，餘光瞄見學姊還有護理師已推著產婦衝進手術室，處理好後勤事務後，我也馬上跟進。映入眼簾的是產房副護理長，已經穿好了手術無菌裝備，備好手術器械。

「學弟，你手套幾碼？」動作熟稔地替刷手完畢的我戴上手套。

麻醉醫師上好麻醉，我和學姊幫產婦消毒鋪單，流程進行得風馳電掣，主治醫師恰好衝進產房。

「Time out！」

從來沒有看過這麼迅速的刀法，主治醫師雙手配合得天衣無縫，行雲流水間嬰兒已經從子宮拖出來。

我看著副護理長得心應手地遞手術器械給主刀醫師，「學姊，妳管理病房、管理產房，還能在手術室有一席之地。為什麼妳也連刷手護理師也可以當得這麼順手捻來，也太厲害！」

「弟弟，我什麼都會，人手不足只好自己跳下來。」副護理長笑得很可愛。聽得主刀醫師一臉欣慰，「上次從您手上接到手術刀應該是十年前的事吧，寶刀未老啊。」

從發現胎心音異常診斷到把小朋友剖腹生出來，疾風掃秋葉不到15分鐘，而寶寶最終也健康活了下來。第一次經歷產房戰場的我心中不禁感嘆，醫學中心不愧是醫學中心啊。

ＰＧＹ這一年在產房待了兩個月。和病房事務截然不同，實習時期學習的技能知識有87%不管用，一切重新開始。產房對產婦而言，如同一般病人的急診室，因此當產婦有任何急症時，首先要跑的是產房而不是急診室。一般守產房會有兩名住院醫師、一名住院總醫師，兩到三名護理師和產房護理長。進來的產婦有各種問題，宮縮、破水、落紅，我們必須去評估產婦是否到達臨產階段。從子宮頸的高度、子宮頸是否開啟、是否成熟，還有胎心音及宮縮的表現，判斷病人是否需要留下待產。

當產婦還不到臨產階段時，會告知她們現在還未達臨產階段，可以回家休息觀察。硬是待在產房觀察，不僅佔據一個床位，也浪費人力和時間。但是經驗再豐富的醫生往往也會遇到判斷錯誤的時候，曾經遇到早上剛送回家的產婦，下午就被推著輪椅緊急送到產房。只見焦慮的產婦胯下溢出滾滾的羊水，胎頭在陰道口呼之欲出。人力充足的白班時間，再緊急的狀況都可以馬上應付，從護理師到醫生，每個人都是經驗豐富的戰士。迅雷不及掩耳安置好產婦，順利生下小孩。

但是在夜班時間就不一樣了，人力不若早上充足。一天半夜，一位產婦因劇烈宮縮來到產房，眼見就快生了。我和護理師火速把產婦安置在生產台上，並電話通知主治醫師。在僅剩的人力都脫不了身的狀況下，現場的人力配備是，只用過假嬰兒練習接生的菜鳥ＰＧＹ醫生和一名護理師。一邊聽著產婦尖叫要求主治醫師親自接生，一邊看著胎兒的頭頂逐漸撐開陰唇蠕動而出。小孩在陰道口塞太久只會徒增風險，情急之下我不顧耳邊淒厲的叫聲，只能專心眼前，用生疏的手勢謹慎接住小孩的頭。說時遲那時快，從門診區衝來的主治醫師一腳踏進產房時，我也剛好把噴出來的嬰

兒接個正著。

第一時間內，我和護理師都很有默契地噤口，讓整個產房第一個聲音來自主治醫師：「小孩出生了喔！學弟，來！去做嬰兒護理。」小孩衝出後跟著噴發的羊水濺得我滿身，狼狽的我卻難掩成就感跟雀躍，幫嬰兒剪臍帶、擦拭身體，做初步身體檢查。

在沒有婦產科醫師的年代，人類依舊是要自己接生小孩，學長曾笑笑地說：「急產最簡單了，小孩就是無論如何都能衝出來才叫急產，你就好好接住，別讓他掉到地上就是成功的接生。」

婦產科醫師偉大的地方就是24小時全年無休，你負責的產婦何時要生產，你就有義務隨時到達醫院。我身為不分科住院醫師，日子還有分值班不值班，但婦產科醫師則是全年值班。

時光的樞紐

風塵僕僕
遠望天光灑落密林
點點華彩浮動在視野內

已經過了好久了吧
我的旅行

越是脆弱的時候
就越想表現勇敢

裝模作樣需要的力氣才是最少的

Nikuman

浮光與清泉
黑色的身影潛身在明鏡面下
捉迷藏我是鬼
屢次撲空

妳在身後笑著
無視我無關緊要的惱火

那樣的無視才能提醒我
沒有什麼事是至關重要的

一起飛得遠遠的
才能看清這個世界

暮鼓

依舊記得那天的狂風
規律而暴力
高聳天際的風車卻只是緩慢地轉動

穿越工業道路
穿越防風林

目視著波浪
一收
一放
帶走了時間
一個回神才發現黑幕早已籠罩天際
但多麼希望
海也一併把痛苦帶走

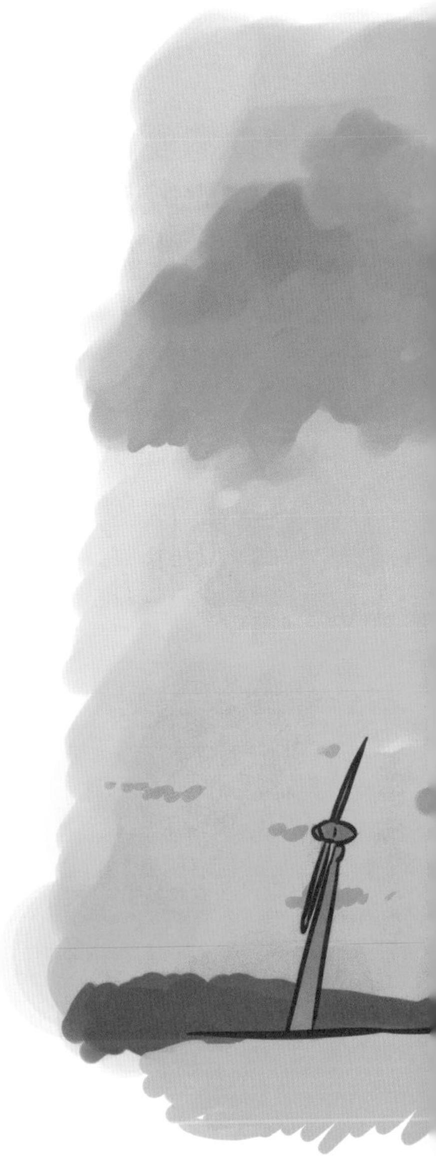

取精

精蟲檢查需要30分鐘內化驗。你家裡住比較遠，只好麻煩你在醫院取。出門左轉走到底有個房間，你可以在那邊取。
學弟你也過去。
什麼？！
帶路。
好……

驚嚇反射

驚嚇反射（Moro Reflex）是一種原始身體反射，可以檢查嬰兒的神經發展。藉由讓小孩突然落下，引發手臂張開的反射。

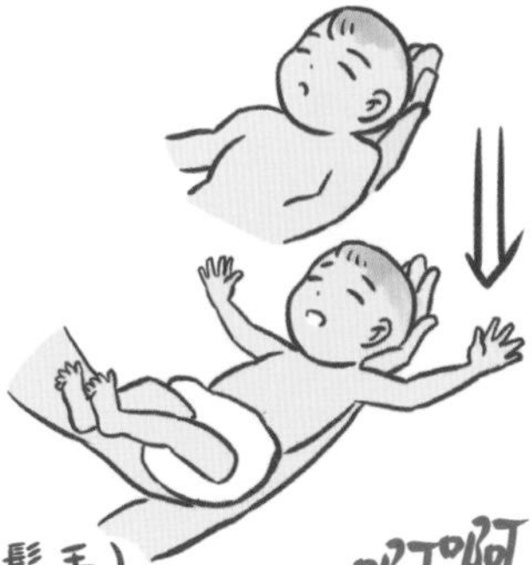

通常檢查的時候（鬆手）
啊啊啊
啊啊啊啊
啊
啊
!!!

受到驚嚇的都是旁邊的父母。
還好嗎？
沒……沒事
（差點閃尿）

小孩出生別忘記老婆

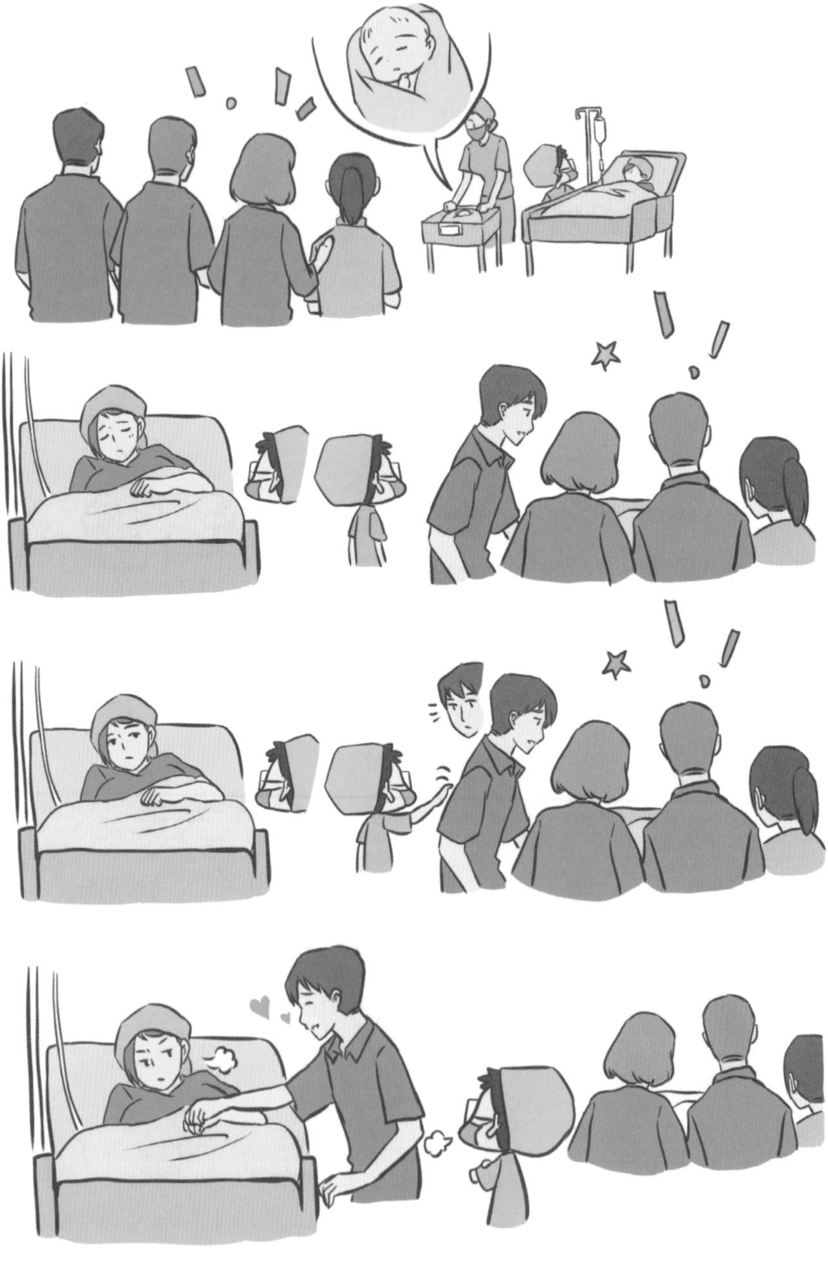

用力

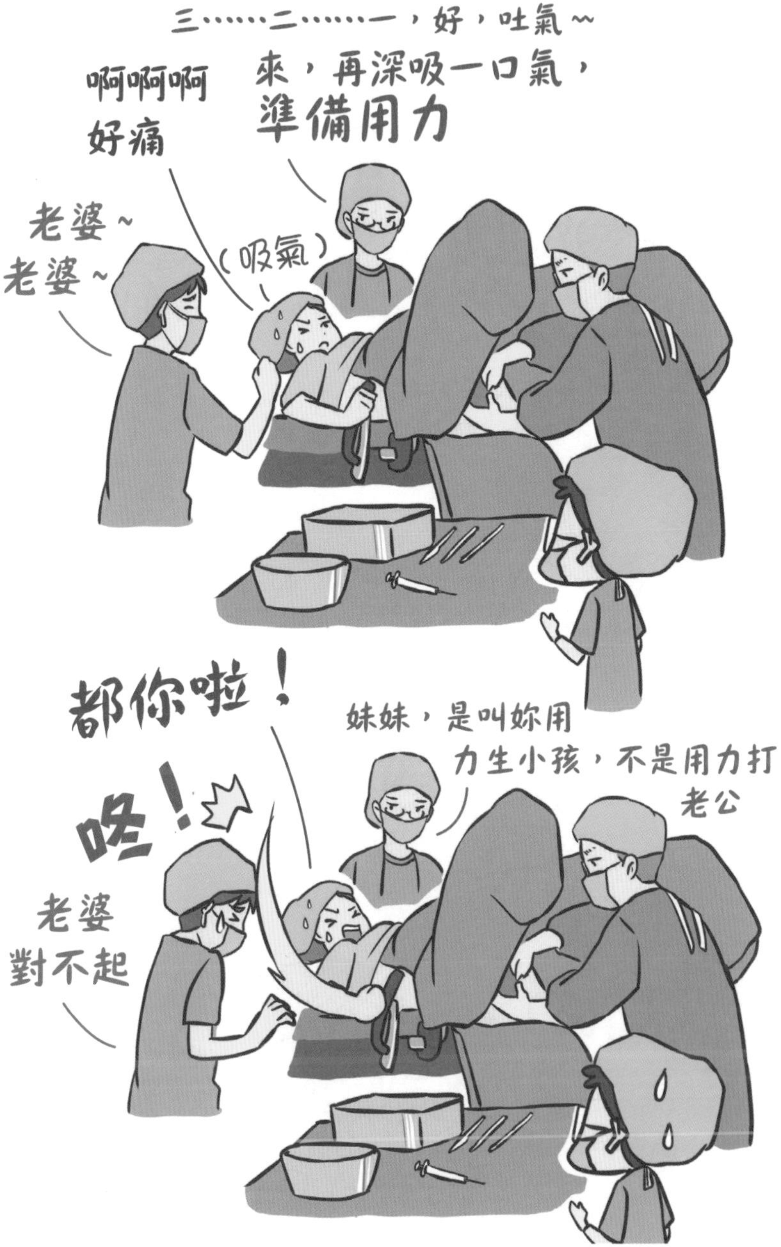
三……二……一，好，吐氣～
來，再深吸一口氣，
準備用力
啊啊啊
好痛
老婆～
老婆～
（吸氣）
都你啦！
咚！
妹妹，是叫妳用力生小孩，不是用力打老公
老婆
對不起

小天使娃娃

理智線小天使
娃娃（開心）
這個做好了，在小兒科
可以用來安撫小孩
喔喔喔
喔喔
哇啊啊
啊！
不哭不哭，
啊！小天使娃娃
哇啊啊！
小天使~乖乖~
（秒含）
（吮吮吮）
覺得好吃→
（蹑）

溫柔生產

醫生，我希望住院待產時，不打點滴、不做持續性胎音監測、不禁食、不灌腸、不剃毛、不要催生藥劑、不要會陰切開；我要溫柔生產，不要醫療介入。
我們會視情況而定，必要時，還是要有醫療介入。
不行啦！醫生！這樣很不人性化欸！
喀嚓

我建議妳在家裡生

爸爸的反應

狀況允許的話，我們會讓產婦的
老公進產房。爸爸們的
反應都不一樣吶

比對長相型

喔喔！眼睛腫腫的跟妳好
像！鼻子好挺，好像我！

見到血就凝固型

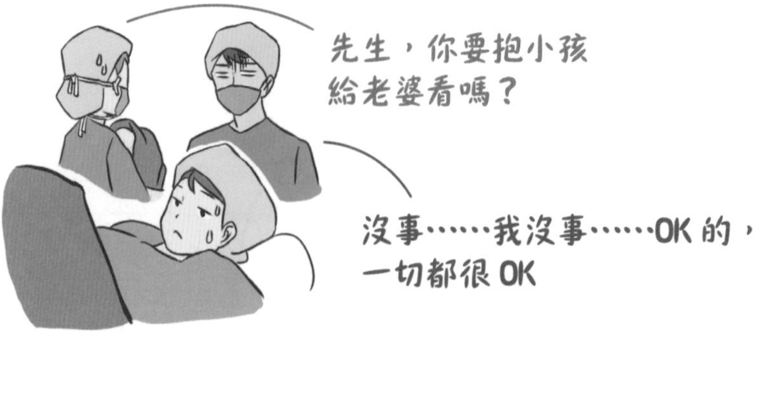
先生，你要抱小孩
給老婆看嗎？
沒事……我沒事……OK 的，
一切都很 OK

歌功頌德型

老婆大人妳太偉大了！妳是我的女神，我的人生因妳而發光！您辛苦了！妳是中壢艾瑪華森！
好啦，不要吵啦

淡定型

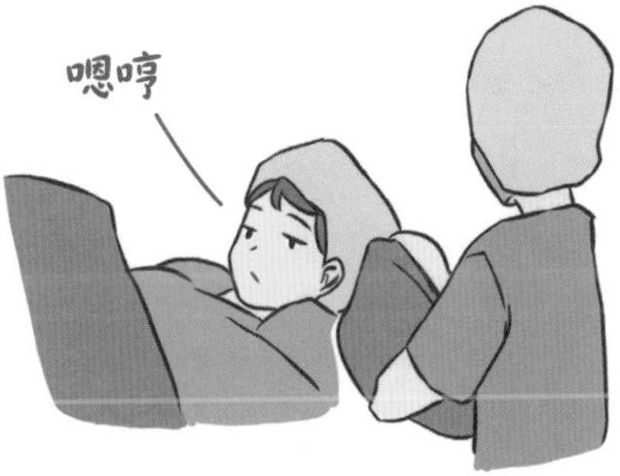
老婆，小孩生下來了
嗯哼

新生兒室

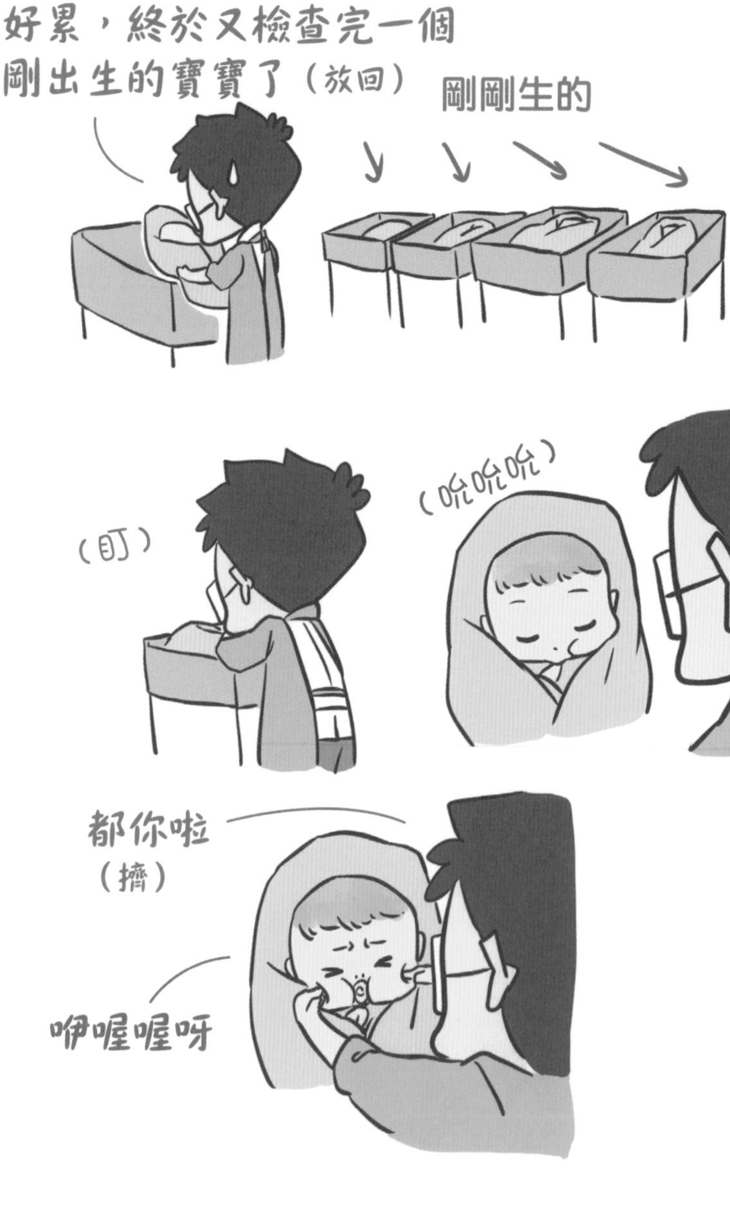
好累，終於又檢查完一個
剛出生的寶寶了（放回）
剛剛生的
（盯）
（吮吮吮）
都你啦
（擠）
咿喔喔呀

所謂的家人是共同生活的人

感情的依附
透過距離
透過時間
透過共同經過

請看看自己生活的地方
究竟是形式上的愛
還是實際的親密感

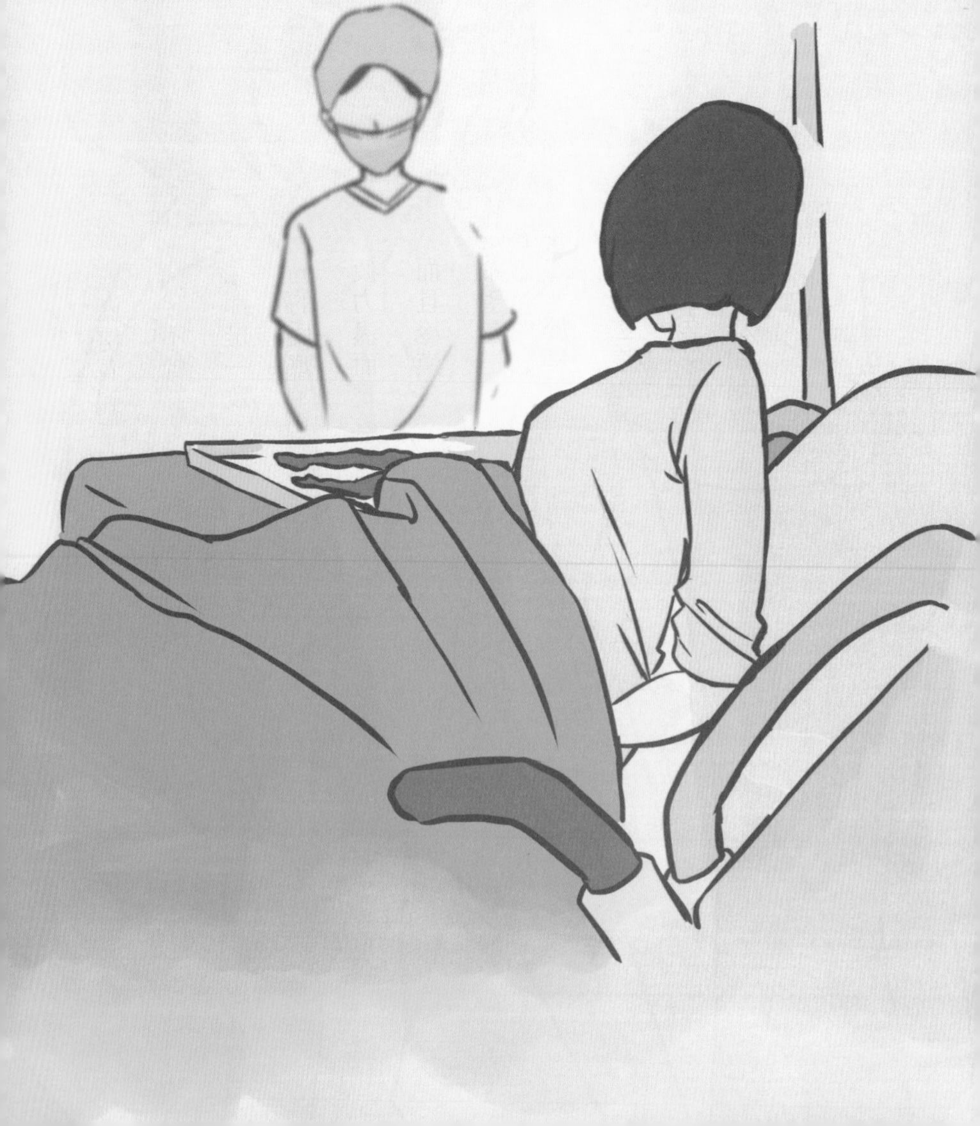

生命

待在產房看到無數次生命的誕生，每個健康的小孩，不管高矮胖瘦、不管未來的人生如何，所有的反應都是一致的初啼。但生下他們的母親們卻並非有相同的反應。剛生下小孩的那一刻，大多數產婦都是精疲力盡而喜悅的，但也見過不少母親面對小孩是沉默而且冷漠。每個人的家庭狀況不一樣，小孩帶來的是希望還是負擔，在當下看到母親的表情都可以略知一二。於是每次面對新生命，我們都學會不去說聲恭喜，不去表達任何情緒。最確實的溫柔是做好自己工作的本分，照顧好母親與小孩的身體。

曾有一次因為胎兒窘迫，產婦緊急被推進手術檯剖腹產。小孩出生時因為缺氧時間過久變成了植物人，媽媽在生產後子宮大出血。做了各種處置仍無法止血的狀況下，為了挽救母親的生命，最後摘除子宮。一個家族引頸期盼的小孩以植物人的模樣誕生在這個世上，而媽媽也因為子宮被摘除無法再次生育。降臨在這家族的不幸不能再更糟了。而我永遠記得主治醫師在查房時，被產婦的家屬群起包圍推到牆邊。面對他們興師問罪的語氣和惡意攻擊，主治醫師仍然站穩立場，不疾不徐重複解釋當下的狀況。這件事情最後上了法庭，結果如何我也無從得知，當時我已經離開婦產科的訓練。回想所有的醫療措施、所有的環節，真的找不到還有什麼地方可以加速進行，減少小孩缺氧的時間。即便當時有經驗豐富的主治、身經百戰的總醫師和反應迅速的護理師在場，也無法避免憾事發生。產科是幸福與不幸極端並存的地方，看著學長姊們願意留下來奮戰，我真的很尊敬。

另外，婦產科醫師也常會遇到的，終止妊娠。一位產婦因為胎兒染色

體異常無法順利長大，而選擇了終止妊娠。吃完藥物的媽媽同樣會經歷宮縮的疼痛，一切的不適感跟要誕生新生命的媽媽是一樣的，但她要生下來的是一個已經失去生命的物體。很多媽媽會自責，自己是否做錯了什麼，更無法去面對失去的生命。但有一次經驗令我印象深刻，那次我從旁協助引產，看著因為在子宮死亡已久而全身發黑的胎兒慢慢生下來，接在手上，很小、很瘦。努力生下他的那位媽媽和先前其他母親不同，她堅持要看自己的小孩一眼。我永遠不會忘記那望著發黑瘦小胎兒的眼神，充滿著讓人無法描述的情感。看到不發一語的媽媽，本應該置身事外的我，不知為何感到更加難過。

羽毛般的心思分岔再分岔
殊途同歸其實只是同源

起伏的視野
顛簸的節奏
犀利的手法
溫柔的心情

想不在意別人眼光做真正的自己
但何曾發現那個在意別人眼光的表現就是一種做自己

把汲汲營營的思緒梳開來吧
別被空氣裡無所不在的訊息感染了

無限延伸的編織
宛如花瓣由外到裡層層相疊
直到生命的源頭

所有的命運環環相扣成無法逃脫的桎梏

是不是末日已經不重要了
畢竟我們從來沒有能力為自己決定過

諜對諜!? 巴氏量表引發的無聲戰爭

前晚收到主治醫師E-mail，附件是現行的巴氏量表。充分複習完後，下午來到了家醫科門診，主治醫師叮囑開診前半個小時就要來集合。

「學弟，你來的時候，外面候診區應該還沒有人吧？沒有人看到你吧？」主治醫師一臉神秘兮兮地把今天要評估巴氏量表的病患資料遞給我。「記得這些人的長相和名字，你脫下醫師袍，從後門繞出去，假裝自己是路人。觀察一下他們的家庭，或許會有意想不到的收穫。」

有一種職業叫做外勞仲介，是將外籍勞工引進國內的中間人。他們經常在醫院診間徘徊，尋找可能需要外籍看護的家庭，說服顧客帶患者去醫院評估，進而申請看護。身為仲介的立場，當然是越多人申請外籍看護越好，提高自己的業績，獲取更多仲介費。而站在醫生的立場，我們把持專業知識去評估一個病人，並有權利決定該病患是否能合法申請看護。

【巴氏量表】是用來評估患者日常生活功能之評估量表，分數越低的患者生活自理能力越差，越需要他人協助。考慮申請外籍看護的家庭一定知道這個量表，醫師透過量表來判斷病人是否有資格可以申請看護。量表內總共有十個大項，分別是進食、移位、個人衛生、如廁、洗澡、平地走動、上下樓梯、穿脫衣褲、大便控制、小便控制。每個大項目內又分成兩到三個小項目，如後面的圖表，逐項去勾選。這些內容網路搜尋得到，包括醫生、病患家庭、仲介，每個人都能輕易獲取這個評估表。有些醫院會專門設立巴氏量表的評估診間，欲申請看護的家庭都可以來這個診間給醫生評估。若經濟許可，家中多一個人專門照顧老人，當然可以分擔子女們很多生活上的精力和壓力。想通過門檻申請看護的家庭真的比想像的多很多。

而在申請人家庭進到診間的那一刻，攻防戰便正式開始。

「有辦法自行刷牙洗臉嗎？」

「沒辦法。」

「有辦法自行上下樓梯嗎？」

「沒辦法。」

噹噹噹，遊戲結束。醫生若跟著量表內項逐一詢問，申請人的家庭當然逐一照著對自己有利的方向回答問題。全部都回答「沒辦法」，直通勝利的康莊大道。

真正而且明顯的失能病人，醫生看一眼就知道是否可以申請。能夠坐輪椅推來診間、介於灰色地帶的，才是需要認真評估的患者。還有部分家庭知道患者達不到標準，會編織謊言來通過門檻。又或者，是仲介教導他們要如何騙過醫生。

有些仲介擔心顧客不會說謊，會跟著進到診間幫忙顧客回答醫生問題。他們安插在家族裡的角色往往都是非主要照顧者，卻是主要發言人。仲介以各種不同的身分出現：外甥子女、表兄妹、媳婦、妯娌，協助申請人把家中的老人塑造成「完美的失能人」。因此在文章一開始，主治醫師要我去候診區扮作路人去觀察，看看哪位家族成員其實是仲介扮演的。

至於申請者本身要如何扮好失能者呢？服裝部分，通常會戴帽子、圍圍巾、戴口罩，目的是露出最少臉部表情。舉止方面，則是被吩咐緊閉雙眼的昏睡狀態，坐在輪椅上叫不動也搖不醒。秉持著多做多錯，少做少錯的原理。

這時我會試著說：「阿嬤，妳如果不理我，我們就沒有辦法評估了，你們可以回去了。」下一秒耳清目明的病患十有八九。

當人老到一定程度時，長相會很容易相似。曾見過受過訓練的假失能人，或是真正的失能人來喬裝當打手，因此核對身分是很重要的一環。遇到像前文描述全身包緊緊的申請者，我會在詢問照顧者一些病患的日常生活之後再來核對身分。

「阿嬤，妳這樣戴著帽子，我無法看清楚妳的臉，沒有辦法核對身分。」有時老人家會一著急，在仲介來得及插手之前，自己伸手把帽子或是口罩脫掉。醫生可以藉此得知，病患有能力手高舉過肩、有足夠的力氣脫帽子。再利用此訊息去核對剛剛照顧者口述病患的生活自理能力是否屬實。

這裡只能列舉非常少的小技巧跟例子，還有更多一來一往的鬥智天天在診間上演，每位醫生都有自己的辨識方法、測謊技巧。一次評估至少會有兩名醫師互相配合。再加上醫院的護理師當作眼線，通報診間外面的情況或是跟不同單位互相聯繫做確認，得知誰是偽裝成家屬的仲介。

或許會跟很多人對立，但醫護人員有自己需要秉持的立場跟專業，外籍看護不能濫用，資源必須提供給真正需要的家庭。

誰能確定這就是逆向呢
你們討好社會的活法是你們的事
你們想活得很刻板也是你們的事
但因此遇到的犧牲、委屈或壓抑
也不應該轉化成攻擊的態度
加諸在那些想活的不一樣的人身上

巴式量表

□ 可自行坐起，且由床移位至椅子或輪椅，無須協助，包括輪椅煞車及移開腳踏板，且沒有安全上的顧慮。
□ 在上述移位過程中，需些微協助（例如：予以輕扶以保持平衡）或提醒，或有安全上的顧慮。
□ 可自行坐起，但需別人協助才能移位至椅子。
□ 需別人協助才能坐起，或需兩人幫忙方可移位。

□ 可自行上下馬桶，便後清潔，不會弄髒衣褲，且沒有安全上的顧慮。倘使用便盆，可自行取放並清洗乾淨。
□ 在上述如廁過程中需別人協助保持平衡、整理衣物或使用衛生紙。
□ 無法自行完成如廁過程。

□ 使用或不使用輔具（包括穿支架義肢或無輪子之助行器）皆可獨立行走50公尺以上。
□ 需要稍微扶持或口頭教導方向，可行走 50 公尺以上。
□ 雖無法行走，但可獨立操作輪椅或電動輪椅（包括轉彎、進門及接近桌子、床沿），並可推行 50 公尺以上。
□ 需要別人幫忙。

□ 可自行穿脫衣褲鞋襪，必要時使用輔具。
□ 在別人幫忙下，可完成一半以上動作。
□ 需要別人完全幫忙。

□ 日夜皆不會尿失禁，必要時會自行使用並清理尿布尿套。
□ 偶爾會失禁（每週不超過一次），使用尿布尿套時需要別人幫忙。
□ 失禁或需要導尿。

□ 自己在合理的時間內（約10秒鐘吃一口），可用筷子取食眼前食物，若需使用進食輔具，會自己取用穿脫，無須協助。
□ 需別人協助取用或切好食物、或穿脫進食輔具。
□ 無法自行取食。

□ 可自行刷牙、洗臉、洗手及梳頭髮和刮鬍子。
□ 需別人協助才能完成上述盥洗項目。

□ 可自行完成盆浴或淋浴。
□ 需別人協助才能完成盆浴或淋浴。

□ 可自行上下樓梯（可抓扶手或用拐杖）。
□ 需要稍微扶持或口頭指導。
□ 無法上下樓梯。

□ 不會失禁，必要時會自行使用塞劑。
□ 偶爾會失禁（每週不超過一次），使用塞劑時需要別人幫忙。
□ 失禁或需要灌腸。

外甥仲介

申請外籍看護前，被照顧者需要通過巴氏量表的評核，確定夠資格申請看護照顧。而評核就是我們的工作。很多人為了獲得看護，無所不用其極，很多細節都能判斷真偽。

你們分別是申請者的誰呢？
我是她兒子。
我是她外甥。

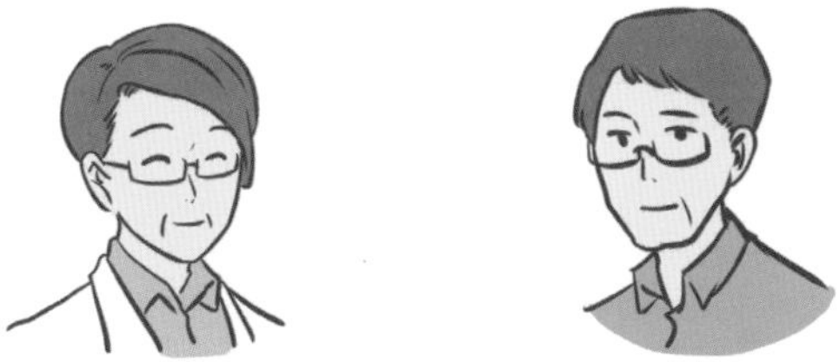

這個外甥是看護仲介（小聲），等等他說的我們都當參考就好。
咦？！
我待會跟你說原因。

美麗又堅韌的戰士：外籍看護

下午四點，早上的忙碌告一段落，稍作休息後，開始準備下午的查房。一群住院醫師在醫師室，有人正利用瑣碎時間記錄今天的病歷，有人點開醫囑系統，把病人的狀況看過一輪：今日病情、檢查報告、抽血數值等等。大家一邊忙碌一邊閒話開聊，抱怨哪個病人家屬大暴走、哪個病人病情急轉直下、抱怨主治醫師查房時間太晚、抱怨哪個學弟妹很狀況外。

窗外艷陽高照，團團白雲扶搖而上，是夏日午後的窗景。我順過所有病人的資料後，在主治醫師查房之前先自己去看過一次病人們。病房充斥著白班和小夜班護理師交班的聲音，語速驚人且中氣十足。淡淡的藥水味和漂白水味飄盪的走廊上，一種不討喜卻能讓人冷靜的味道。我和學弟穿越人群，走進一間又一間病房，詢問病人的身體狀況、做檢查。有些病人能夠回答問題，有些則是病重到睜開眼睛都是問題。

查房到最後一位病人，全身略為浮腫的老爺爺衣著整齊地躺在床上，臉上帶著正壓呼吸器。環顧周遭，家屬不在，只見外籍看護坐在窗邊用手機和朋友視訊。看到我們的前來時，收起耳機站起來打聲招呼，開始報告今天的照顧狀況，有條有理、思緒清晰，似乎所有想要知道的狀況都能在她身上問到答案。爺爺被照顧得很好，身上沒有久臥病人特有的揉合了汗味以及油垢的體味。只有香香的味道，剛被洗完澡擦完乳液吧，頭髮也被整理得很乾淨。

醫院裡來來去去的人物組合除了醫護人員、病人、病人家屬外，絕對不能忽略另一個龐大的族群：外籍看護。我國申請看護的門檻逐年降低，近年來，醫院彷彿變成了文化大熔爐，能看見各國看護來來去去。有些細心的病房會在指示牌上加上英文、印尼文、泰文等等。經常看到各國看護湊在一起用自己的語言聊天，聊自己的家鄉、穿著、流行劇或音樂。我偶爾在查房時會跟外籍看護串一下門子，東扯西聊外，發現他們的共通點是都很年輕。年富力強的她們早已走跳過不同國家，不僅見多識廣，還學會多種語言、多樣風俗民情，對於各國菜餚的料理方法更是遊刃有餘。會選擇在世界遊走並非因為孑然一身，她們遙遠的故鄉仍有小孩和父母要撫養，有生活費以及學費需要張羅。長期身處異鄉的她們，鍛鍊出俐落的思考速度和柔軟的身段，疾風勁草般隨時保持彈性與高度警覺性來應付各種狀況。

在醫院裡，影響病人的預後因子除了醫護人員外，很大一部分端賴於是否有專業且資深看護在照顧，學長曾經笑說：「好的看護帶醫生和護理師上天堂。」我的經驗裡，當一個病房裡存在一、兩個超資深看護時，往往都能提升整個病房的照顧品質。就像之後圖文中會提到的莉莉，會抽痰、會調整氧氣治療量、會建議不同的治療方式、會熟練的無菌照護，有時候她的直覺更勝我這個菜鳥住院醫師的決策呢（笑）。即便屬於不同的雇主，看護們之間經常是互相合作、互相提攜。在台灣待久的、語言流利的、照護病人技巧一流，都不吝於教導菜鳥。

當然，就是身處國外也不忘家鄉的傳統。最令人印相深刻的是穆斯林的齋戒月。我有一天值班正好碰到她們齋戒月的第一天，半夜三點多就瞥見看護們聚在一起大嗑食物，準備應付天亮後的長期禁食。「醫生，你要不要吃一點呢？」可愛的看護也遞了一些零食給我。接下來這段時間，她們不進食也不飲水。

之後的狀況雖然不常見，但偶爾會遇到。有些外籍看護會在長時間禁食後出現血糖過低，注意力不集中，身體不適的狀況而無法全力照顧病人。

我的老師曾經無奈說：「齋戒月與病人死亡率搞不好有相關性呢，學弟你要不要就這個主題去寫個論文呢？（苦笑）」但不同的文化與傳統都是需要被尊重的，我們不應該禁止她們的習俗，只能花更多心力去注意病人狀況，來彌補看護們精神不濟的這個時段（講是這樣講，我們醫護人員的長期過勞也是自身難保啊哈哈）。

雖然看護僅是一份工作，但他們面對病患往往會流露出更深的情感。遇過好幾次，在病人身體狀況急速惡化或是瀕死時，最難過的不是家屬，反而是看護。最後是誰陪你走到人生最後一段路，我們從來都無法預測。曾好幾次看到外籍看護摸著病人的頭，紅著眼眶看著病人離開人世。也許有人會笑說，看護是在哭人死了工作就沒了，但我更相信是人是有感情的動物，照顧久了都是有情分的，更不用說是這樣經歷過長期24小時的相處。我很敬佩外籍看護，敬佩她們的美麗與偉大。

看護女戰神

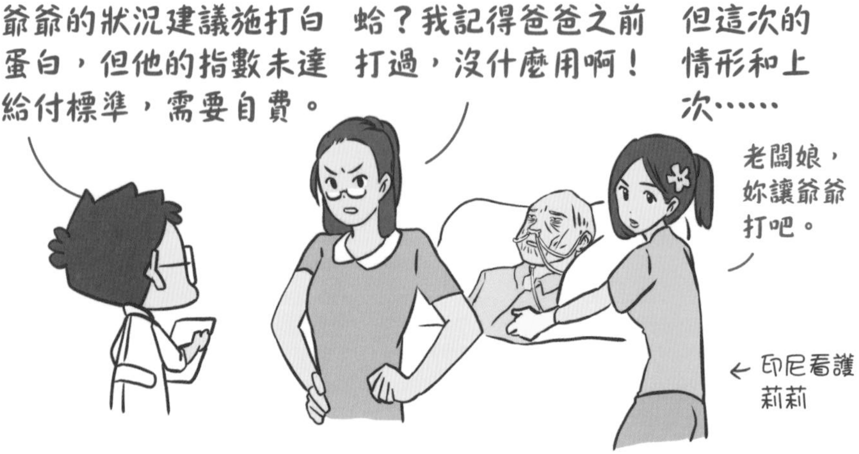
爺爺的狀況建議施打白蛋白，但他的指數未達給付標準，需要自費。
蛤？我記得爸爸之前打過，沒什麼用啊！
但這次的情形和上次……
老闆娘，妳讓爺爺打吧。
← 印尼看護莉莉

妳不要吵！
喀嚓

沒看到我在
和醫生
老闆娘，妳用爺爺月領的退休金買漂
亮衣服，為什麼就不買藥給爺爺？！
爺爺是榮民，
住院要錢嗎？
不用款！
呃，那個……
醫生你先不要插話！
好……
看護界女戰神

看護莉莉

莉莉，25歲，育有二女。
超資深印尼籍看護。
今天的I/O紀錄如何？
都在這裡，+200，
還可以
莉莉！03床的看
護前天才來台灣，
聽不懂中文 T^T
沒關係，我來當
翻譯，其他的事
情我也會教她
醫生，要幫爺爺的
壓瘡換藥了嗎？我
來幫忙。
超正確
無菌手
套穿戴
爺爺今天的呼吸狀況恐怕……
要考慮換上 BiPAP
呼吸器嗎？
好……好強……
我昨晚觀察就
覺得不太好了

看護互聯網

醫師你來的時機不太好，這床的看護剛離開。
那我晚點再來好了，等看護來再問一些事情。
嗯？
喔喔，她去買東西，我從隔壁床來代一下。爺爺今天吃得不錯，也沒再解黑便了。他的家屬下午四點會來。
超完善看護互助網路
（超在狀況內）
（游刃有餘）
好的……

最後一哩路

「宣告死亡」是每個醫生必經的過程。PGY時期，我來到了內科病房，經歷人生第一次的宣告死亡。實習階段的我們可能遇到很多死亡的時機，但取得醫師資格之後，才有權利宣告死亡，開立死亡證明書。

「醫師，03床病人的心跳和血壓持續下降，你要不要去看一下？」聽到護理師的告知，我起身走到床邊評估病人的身體狀況，看著生命監測器的數字緩緩變化。「是時候通知家屬了。」心中這個念頭滑過。我知道接下來會以最直接的方式面對死亡，並用專業身分去證明確定一個人的死亡。說來真的很青澀，在等待家屬來到醫院前，大半夜我默默坐在護理站，眼前雖是用電腦看著病人的資料，口中卻是一次又一次默念：

「病人XXX，於XX年X月X日X點X分病逝於XX市XX醫院。

病人XXX，於XX年X月X日X點X分病逝於XX市XX醫院。

病人XXX，於XX年X月X日X點X分病逝於XX市XX醫院。

病人XXX……」

對，我在複習台詞，不要笑！這很嚴肅！比起判斷死亡失誤，我更怕念錯台詞。一定有人會詬病我搞錯重點，但這是一個重要的場合啊！姓名、時間、醫院，其中一個念錯都會讓場面變得好尷尬。

老先生在家族的圍繞下，胸口起伏越來越慢，生命監測器各個數值逐漸歸零，沒有呼吸。生命的消散從來都不是轟轟烈烈的，是單純而稍縱即逝的。那一瞬間，沒了就是沒了，就像睡著一樣，安安靜靜躺在那裡。我檢查他的脈搏與心跳，完成宣告死亡的工作。第一次的死亡宣告完整落幕，之後的幾次也變得比較上手。面對死亡，我們醫護人員或多或少都要學會抽離。我的觀念裡，醫護人員對於病人的生命，需要細心但不需要傾心。相對於冷血，更像一種自我保護吧。

而生命總是難以預料，有次眼看心跳停止許久，大家也都有十足把握才開始發出此起彼落的哭喊時，病人突然倒吸一口氣恢復心跳。眾人眼淚都還來不及流出來，就嚇得瞬間噤聲。那一個個又開始震動的心電圖波幅就像一個個巴掌，把剛判病人死亡的我打得臉好腫。

「病危自動離院」，原文稱作 Critical Against Advise Discharge，我們醫護人員都用 Critical AAD 簡稱之、意指家屬要求病人死亡前能回到自己家中，俗稱「留一口氣回家」。面對這種習俗，我們盡所能給予尊重與配合。醫師與生命戰鬥，當然也包括生命的終點，也就是死亡。如何對待死亡，「留一口氣回家」變成一個不容易的任務。

判斷死亡都有可能失誤了，更何況預估死亡時間。通常會從當下的生命徵象（血壓、心跳、呼吸）加上過去幾天的身體狀況和檢查數據，評估病人是否瀕死，是否該聯絡家人。交班給值班醫師時甚至還會特別提醒病人家鄉在哪個縣市，車程時間會有多久。但醫生終究不是神，我們永遠無法精準計算死亡時間。來不及回到家就死亡的有，回到家後卻遲遲沒有死亡的也有。有時候會對於自己的判斷失誤感到愧疚，但從來沒有遇到家屬的苛責，還曾經聽到家屬不好意思地說是他們太為難醫生，面對這樣互相尊重的語氣，我打從心裡很感激。

病危自動離院

「病危自動離院」指讓瀕死的病人留一口氣回家。
依據病人的生命徵象及臨床狀況，醫生會判斷病人是否適合辦理病危自動離院。
我想以現在血壓、心跳、呼吸、血氧的狀況，我們可以讓他回家了。等等我們會連絡救護車。
嗯，真的很謝謝你們這些日子照顧我哥哥。
翌日
昨天離院的03床家屬打電話來喔。
嗯？
醫師，我哥哥到現在還沒……，可是他呼吸開始變喘，請問我現在應該怎麼辦？
你……你先叫救護車，送到醫院來。
……
沒關係啦……每個人都有判斷錯誤過……

慵懶的音樂奏在灰黑的空間裡
你坐在沙發上凝視對面的我

僅有的光芒透過通風扇旋轉射入
我看著你的臉一明一暗
口中說著什麼

聽不到

不得已
不得不

僅僅活著便是一種勇敢

Peace

跟死神喝下午茶

過於繁忙的生活總讓人忘記何時第一次面對死亡。是實習第一年首次參與急救嗎？還是更早呢？

記得當時很害怕值班遇到急救，畢竟只有對假人演練ＣＰＲ的經驗，不知道遇到實戰是否管用。但該來的終究會來，急救過程像是一場演奏表演，即便成員都相同、曲目也相同，不同的指揮者會大幅影響整個表演的過程和結果。實習醫師只是其中一位表演者，在住院醫師或總醫師的指令下，盡責演奏其中一個樂器。毫無經驗的實習醫師最大的功用就是體力，足夠的體力來輪替壓胸的過程。第一次參與急救的我，被叫到病房時現場早已經形成了一個急救團隊。

「學弟！換你接手壓胸。」

我，我嗎？我還沒壓過胸，讓我回想一下壓胸的速度，壓胸的位置是兩乳頭中間對吧，拜託，先讓我腦中複習一下。

沒這件事，當時的情況不能有任何猶豫的空間，十萬火急的景象讓腎上腺素激增，身體的反射動作超越優柔寡斷的頭腦。聽令後的我馬上跳上病床，手掌疊著手掌壓在病人胸前，對準位置，運用身體的重量使勁一壓，「喀啦」。

畢生難忘的觸感讓人一瞬間手軟，被深壓的胸口發出沉悶的聲音，骨頭似乎沒有想像中的堅硬。每壓一次，病人的胸口就越來越軟。

……斷光了吧，他的胸骨，插管成功了嗎？需要換人了嗎？我有確實壓到位置嗎？

漸漸感覺到自己越來越急促的呼吸，手掌好麻，手臂好酸。只記得那位病人最後急救失敗，我喘著氣、滿頭大汗看著安靜躺在床上的病人，沒有任何反應。我無法注意周遭的聲音，無法回想剛剛是如何殘酷對待這副身體，離我好遙遠，遙遠到似乎忘記他曾經是個人。

死亡的病人需要移除身上所有管線才能讓他離開醫院，實習時很常被叫去拔除死者身上的中央靜脈導管。中央靜脈導管是放置在大靜脈的管線，講白話點就是一個很粗的點滴，能夠安置在身體很多地方，最常是內頸靜脈。內頸靜脈位於脖子內部，因此可以看到管線從脖子周圍的皮膚穿出。在拔除導管時，要先用刀片把固定導管的縫線切斷，然後用紗布按壓住脖子，小心把管線拔出。切斷縫線的步驟要很小心，不能傷到患者（或是死者）的皮膚和自己的手。為了看清楚管線，常常會忘我地靠近，直到完成工作時，才發現自己差點就要貼到死者的臉。這是另一種離死亡很近的方式，我不認識他，我沒跟他說過話。我跟他唯一的接觸是在他死後，很近很近，近到似乎還能感受到他僅存的體溫。

成為PGY後曾照顧過一位肺癌的病人，因腫瘤擠壓造成肺塌陷，進而引起阻塞性肺發炎而入院治療。是一位善談又任性的大伯，多話卻不聽話，不僅造成護理師的困擾，值班女醫師也經常被他惹惱。在大伯眼中，只有男生才是醫生。每次大半夜呼吸喘或身體疼痛時，發現來查看的值班醫師是女生都會勃然大怒。

「欸欸！王醫師，你去跟他講一下啦。昨天的值班醫師被他搞到快抓狂了。」早上我查房前，護理師抱怨著。偏偏大伯每次看到我就是無比聽話，說一不敢答二，讓護理師又好氣又無奈。

除了肺臟問題之外，病人因為久臥腸胃蠕動緩慢，漸漸變成腸氣滯留。肚子鼓得好大，這種情形嚴重起來會讓病人非常痛苦。放置鼻胃管或多或少能舒緩腹部壓力，但大伯打死不答應，又特別愛喝水，越喝肚子越脹，再瘋狂按鈴叫護理師來解決身體的不適。屢次處理同樣問題的護理師終於煩不勝煩，警告大伯一天只能喝少量的水。他是爽快答應了，背後卻託家人偷帶飲料給他喝。有天早上，護理師發現床腳藏了半瓶飲料時，差點沒氣暈過去。人贓俱獲的拿著寶特瓶找我，要我去評評理。

說來也是神奇，耍賴的大伯看到我嚴肅的臉出現時，沒給我發難的機會就答應再也不買飲料喝，而且還確實是之後完全沒再犯錯。唉，很像小孩，而且是任性的小孩，時而聽話時而不聽話。

一邊治療他的阻塞性肺發炎，一邊想辦法改變他腸胃的狀況。半個月過了，病情漸漸好轉。體力跟精神都得到了改善，變得更多話，更愛賴著別人串門子。好吧，也不知道是好事還是壞事，但護理師快被煩死了，大家都在期待他趕快出院。

直到有天，他突然喘到不省人事，血氧無預期瞬間墜落。

我們趕緊查看他的狀況，安排檢查。但生命徵象、影像報告以及種種的抽血數值都在在顯示故事似乎快到了結局。事情來得風馳電掣，但也不算不可預期。在已簽署放棄急救同意書的狀況下，我們選擇使用嗎啡來緩解他的呼吸問題。給予他一個較為平順的方式度過人生的最後。大伯不再多話，躺在床上只能偶爾睜開眼睛與外界互動。看他花好大好大的力氣，才能好好呼吸一次。

然後漸漸沒有呼吸。

那張臉，就像睡著一樣。做完宣告死亡後，我匆匆去處理其他病人的事情。都是一樣的，都是那件病人服，都是那種病床，都是那張宛如沉睡的臉。而我身上的那件白袍，不斷提醒著要以醫護人員的身分面對他們，一再重複工作，一再觀看生命凋逝。我在護理站忙碌時，看見他的家人陸續出現。也不知道哪裡來的念頭，我停下手邊的工作，決定抽空去看他一眼。探著頭，看他身上的病人服被褪去，換上了壽衣。

好似有什麼重擊了我的腦袋。對，他死了。換上壽衣的他，和我從小到大曾遇過的死亡景象重疊在一起。半個月來的種種畫面湧上心頭。這位大伯，總是任性的為難護理師跟女醫師，總是反覆無常讓人摸不著頭緒，總是在別人忙得不可開交時，硬是要聊天。閃過腦海，然後再次意識到眼前穿著壽衣的他。我突然很想哭。

原來我從來沒有豁達面對死亡，因為我從來沒有像這次一樣深刻地直視它。

走進社區

PGY這一年會有一個月或兩個月的社區醫學訓練課程，將你分發到區域醫院。

區域醫院相較於我們平常受訓的醫學中心有很大不同。區域醫院的疾病取向不同於醫學中心，常見有糖尿病、高血壓、一般感冒、過敏和一般外傷等。在這裡，我們定期跟著社區服務員坐著巡迴車深入社區。社區看診的那天，與護理師和主治醫師一起把常用的藥品、簡易的看診工具、宣傳單、贈品一起搬上車，三、四個人驅車前往各個社區定點看診。地點有很多選擇，通常會選在社區居民最常聚集的地方，比如廟口。

在廟口擺好桌椅、電腦、藥品，簡易看診空間就完成了。第一次參加社區巡迴醫療時，看到一群醫護人員在廟口擺攤看診的畫面，覺得有趣至極。我負責幫居民量血壓、量血糖、衛教、發贈品。除了定點看診外，我們也需要挨家挨戶去衛教，關心社民健康狀況。大熱天的穿著白袍在路上走簡直酷刑。

「醫師！請穿好白袍！」每當社區服務員看到我作勢要脫衣服時都會嚴厲制止。我知道，全身上下也就這件白袍可以區別自己是醫生，不是擅闖民宅的莫名年輕人，可是我真的好熱啊（扯領口）！也有幾次跟著主治醫師去評估社區的衛生環境，走進私人養鴨場或養豬場，看著身穿白袍的學長蹲下來和亭下乘涼的豬對望，啊，說不出的違和跟溫馨感。

集體衛教的工作也是常見的業務，通常是一大清早，和居民約在社區活動中心等公共空間，設計一個主題跟大家上課。面對眼前都是六十到八十歲以上的老人，要如何提起他們的興趣尤其充滿挑戰。我總是絞盡腦汁設計課程，去推敲民眾最需要也最想要知道的資訊。然後還有大魔王：

台語。好幾次的全台語問答讓人挫折不已，經常萌生轉行去當畫家的念頭（喂）。

透過反覆練習和經驗累積，希望居民終究能好好聽我上課，但最後總是屈服於有獎徵答這種速效藥。獎品很好用，尤其是生活用品，首推抽取式衛生紙，真的是屢試不爽，獎品一拿出來，婆婆媽媽們眼睛都亮了，上起課來說有多認真就有多認真。

不論是社區看診或社區衛教，在活動的最後，社區服務員都會發醫院的看診時刻表給大家，附上社區遊覽車的時刻表。其實社區服務員真正的業務是醫院宣傳員，而我們醫生是活生生的廣告招牌。

在醫院競爭激烈的狀況下，社區服務員的業績壓力很大。其實很多老人家不知道如何針對自己的病情選醫院、選科別、選醫生，大多是有人帶就跟著走。社區服務員拚殺力、拚人情、拚親力親為、拚見面三分情。

偏鄉地區就醫不方便？沒關係，每天早上的巡迴遊覽車來到各社區把居民整批載到醫院，下午看完病再整批載回家，日復一日。各家醫院花招百出，或開拓新地區，或搶奪彼此的病人源。常會聽到社區服務員的抱怨：「你知道ＸＸ醫院啊！他們新增了遊覽車巡迴時間，比我們整整早了半個小時。每次我們的遊覽車到的時候，老人家早就被載光了！」頗為感慨啊。

另外還有一項服務：山區巡迴醫療車。通常都是下午出發，沿路設點看診，在山區過夜，隔天繼續看診再回到醫院。山區和社區不一樣，每戶人家的距離都很遠。上山之後，巡迴車就會開始廣播：「我們是ＸＸ醫院的山區醫療巡迴車，半個小時後會在ＸＸ地點進行看診，請有需要的民眾攜帶健保卡前往看診地點。」國語播完播台語，台語播完播原住民語，最後搭配優美的音樂，不斷循環。以巡迴車為中心點順著山路沿途散播，悠揚在群山之間。

那次我們來到村長家前的廣場。天黑，同樣也是擺好桌椅，掛上照明燈。看著居民一戶一戶出現。有人來領慢性病的藥，有人帶著家裡感冒的小孩。晚風徐徐，飛蛾在照明燈附近聚集，安靜的山區夜晚多了居民聊天的聲音還有主治醫師問診的聲音。我一邊量血壓發放藥物，一邊陪小朋友玩，說不出的愜意結束山區巡迴的一天。

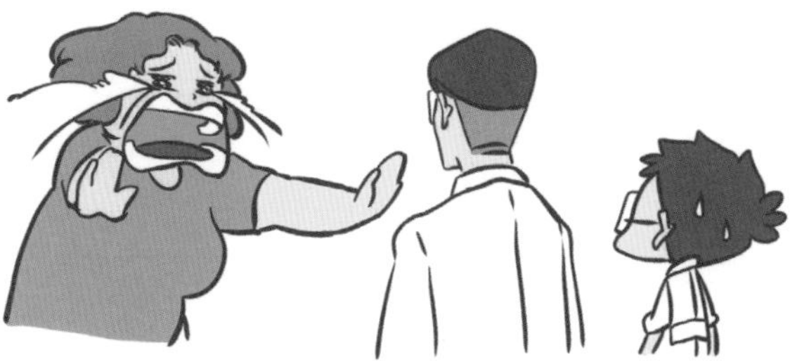

CHAPTER

成為 Nikumon

成為網路名人（？）之後的我

社群網站全面攻佔人類生活之後，素人跟公眾人物的界線越來越模糊。畫圖分享作品的我，漸漸也累積了些網路知名度。一開始在經營粉絲團時，看到追蹤人數的上升當然會很開心，但當時並沒有把粉絲人數跟知名度做連結。螢幕前，僅僅覺得飛動的數字是一種遊戲，就好像玩牧場物語看到自己種的青菜、釣的魚、養的寵物越來越多，越有成就感。直到第一次辦簽書會時，看到排隊人潮把會場擠得水洩不通。一時之間恍然大悟：「我的老天，每一個追蹤人次，每一個數字的增長，都是活的！都是一個活生生的人啊！」那種瞬間現實與遊戲畫上等號的改變對我造成不小的衝擊。我開始盡量不在網路上露面，去區隔網路與真實生活的連結，維持一種「知名度於我如浮雲，關掉網路我就什麼都不是了」的狀態。

但人生總是不受控制的（就跟病人家屬的情緒一樣）。醫界很小，透過口耳相傳，要打聽到我的真實姓名和長相其實不難。最常發生的事情就是學弟妹在醫院帶著書來要簽名，每兩個星期就換一批實習醫師和見習醫師的制度下，我幾乎變成常態性小型簽書會，又或者變成醫院的旅遊景點。「來ＸＸ醫院實習一定要找到 Nikumon 簽名才算不枉此行。」說不上排斥但也沒有很享受這種感覺，當然也會盡可能配合大家的要求，大家開心就好。其實在生活中，只想做好自己的本分，和網路的身分做好切割。曾經辦過簽書會，雖然全程戴口罩，還是留下了不少蛛絲馬跡。所以有好幾次在看診時被認出來，還記得當時那位粉絲雀躍的臉，高興到完全忘記自己現在在醫院是因為肚子痛，直說要合照兼打卡。

我曾經設想過在各種場合下被粉絲認出來時該做何反應，規劃各種解套跟心理準備以防措手不及。但生活總是處處充滿意外，我的沙盤推演就唯獨漏了子宮頸抹片檢查。子宮頸抹片檢查是病人躺在檢查床上，張開兩腿，讓醫生能夠用器械撐開陰道口，伸進抹片刷將子宮頸表皮細胞刷落送檢。相當佩服那位勇敢的粉絲在跟我相認之後，還能躺在檢查台上率性地陰戶大開，反倒是身為醫生的我，表面是強作鎮定掩飾尷尬，內心是風捲殘雲一片凌亂。

本來是為了保護個人隱私，在網友眼裡卻變成是保持神秘感，變得更想知道我的長相。在我持續的隱藏下，外界給予的期待似乎持續高築。想像永遠是美好的，不管是對一個人的長相或是品格，但有時候真的讓人喘不過氣吶。

我同意公眾人物有必要承擔一些社會責任（雖然我很不想）。因此會嘗試修正自己的發言、盡量維持還算合格的形象以及設法避開爭議性的話題。但這個社會有一個讓人匪夷所思的現象：一個人作品的好壞永遠跟該作者的私德畫上等號。作者爆發各種負面新聞後，他的作品可能再也無翻身之地。

這很有趣，在知道這個作者不是這麼美好之前，不是都很喜歡他的作品嗎？那不就表示作品的好壞跟他的品德無關呢？還是大家會在喜歡作品後自然而然設想作者也是個令人喜歡的傢伙。我篤定沒有人是純潔無瑕的。自從擁有一些粉絲之後，我一直提醒自己，不要相信有role model這件事。這世界上絕對沒有完人，沒有人是可以當作你完全的指標。每個偶像都有讓人幻滅的點，只是他沒有義務讓你知道。我們更不能一天到晚要求別人刻意曝露自己的短處來避免被別人崇拜。好吧，說了這麼多，也只是想為自己開脫而已（笑）。

最後還是很謝謝粉絲的不離不棄和大力支持，能夠這樣任性地活著都是因為你們的包容啊。

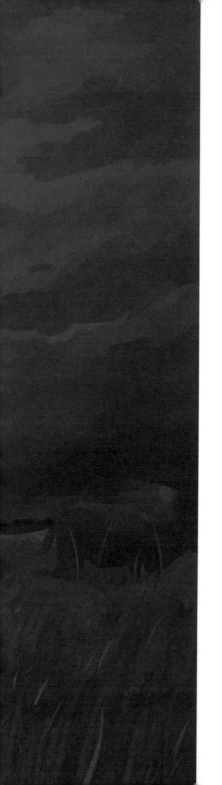

世界引起的波動
把我們越推越遠

誰不想要
自己擁有的被充滿祝福的感情
真實與真心
順勢與順心

我們是兩艘船
越來越遠

在泥淖般的天空下

化腐朽為神奇

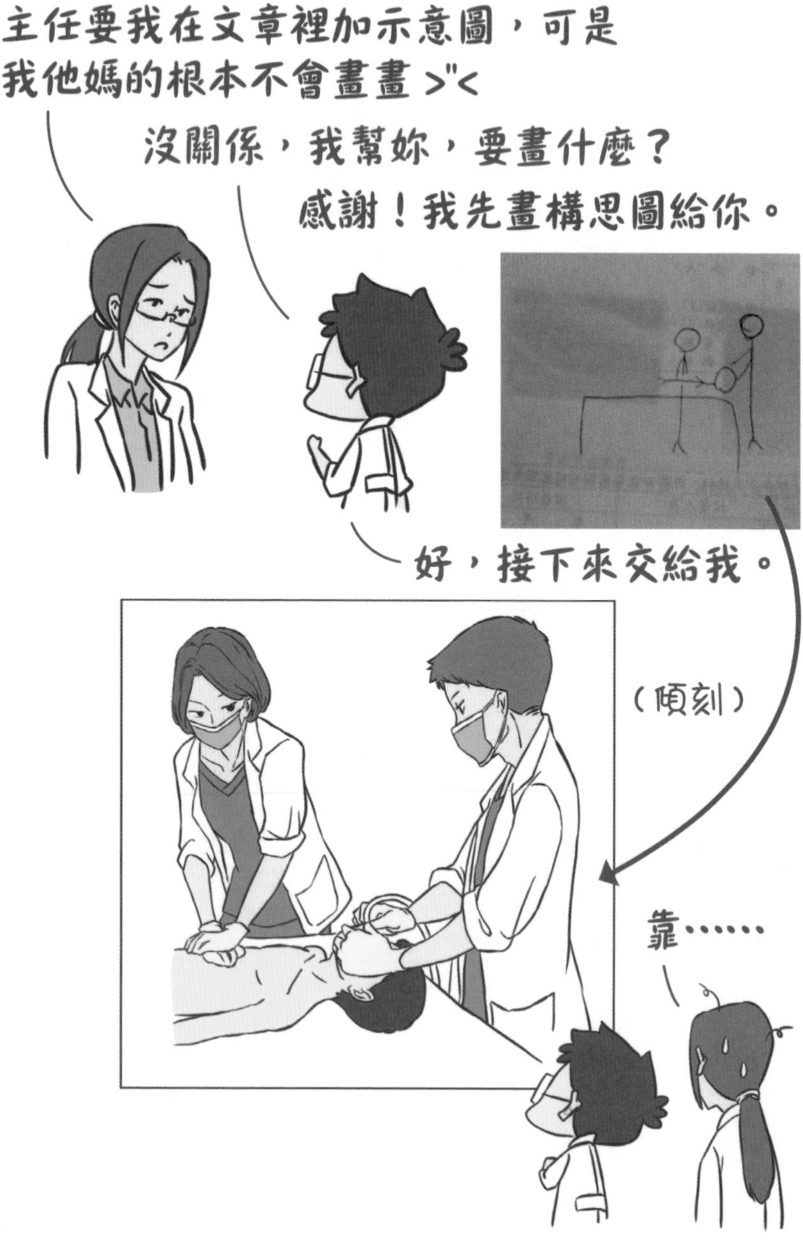
主任要我在文章裡加示意圖，可是
我他媽的根本不會畫畫 >"<
沒關係，我幫妳，要畫什麼？
感謝！我先畫構思圖給你。
好，接下來交給我。
（傾刻）
靠……

診間相認

這次來哪裡不舒服？
醫生我從早上上吐下瀉到現……
嗯？
上吐下瀉嗎？
午餐吃什麼
嗯……
東西……
你是內褲萌對不對？
筆名Nikumon，
諧音內褲萌
沒……沒有，妳認錯了
天啊～打卡！
請問請問
可以合照嗎♥
拜託♥
妳……妳認錯了
不死心
神采飛揚
生龍活虎

簽名

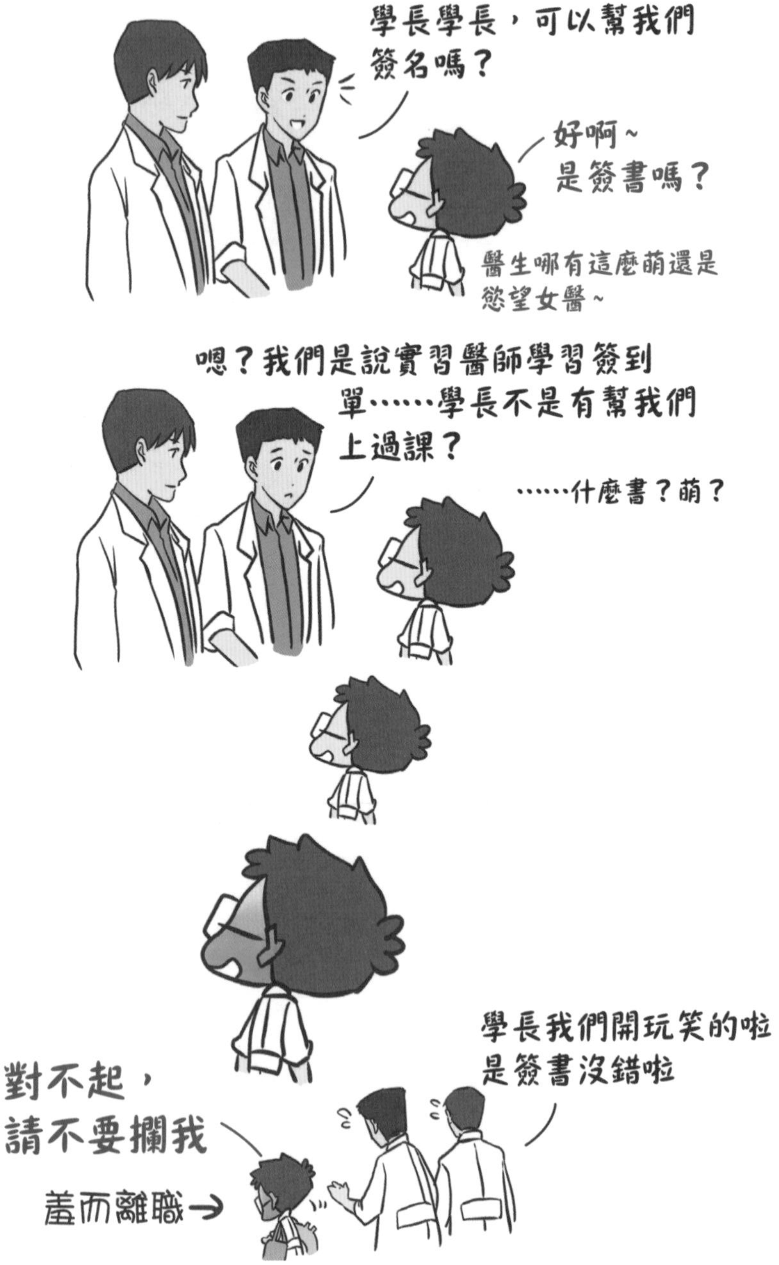
學長學長，可以幫我們
簽名嗎？
好啊～
是簽書嗎？
醫生哪有這麼萌還是
慾望女醫～
嗯？我們是說實習醫師學習簽到
單……學長不是有幫我們
上過課？
……什麼書？萌？
對不起，
請不要攔我
羞而離職→
學長我們開玩笑的啦
是簽書沒錯啦

給想考醫學系的朋友們

在醫療環境逐漸崩壞的情況下，醫學系的光環不知道還能在台灣撐多久。2017年，知名醫學期刊《刺胳針》（*The Lancet*）針對全球各國的健康保健品質指標評比，台灣排名第45名，在全球屬於前段班的印象從此被推翻。台灣社會的氛圍把所有考試高分的人才集中在醫界裡，得到的結果卻是比鄰近的日本、南韓排名還低的醫療品質。

重「量」大於重「質」的健保給付制度，一點一滴地破壞了台灣的醫療環境，扼殺了菁英一展長才的空間。我在醫學院時期見識到同學們的天才，考試高分等同於呼吸能力，活著就是會考高分，分數早已不是重點。強大的記憶力、邏輯推演能力、創造力、運動能力、語言能力、人際社交、家世背景。在他們身上我看到了自己種種的不足，也看到了台灣能更發光發熱的人才被積在醫界這坨泥沼裡。常常在想，擊破醫界這個牢籠之後，各奔東西的菁英是否能夠為台灣帶來更多可能性。

我不是一個優秀的人，不是個聰明的人，不是個喜歡念書的人。課本還有考卷背後都是塗鴉，這樣的我也常常被人問念醫科的原因。家中老人全部生重病死光光於是想當醫生救人，這種狗血扯謊就直接跳過，我單純只是因為來自就學時期升學型學校的壓力。感染在那個氛圍之下，醫學系早已不是一個科系，而是一個獎牌，一個能夠證明自己夠厲害，能夠證明學校教學品質夠一流的獎牌。半洗腦狀態走過國小、國中、高中，直到現在，我必須慎重告訴大家，科系代表的是人生不是獎項。學會看得更廣更遠，你的優秀從來不需要透過成績或是科系來證明，一時的成功不代表永遠不會失敗。放榜當下很爽沒錯，接著就是不知道興趣在哪兒以及永無止盡的辛苦和挫折。

題外話，我另一個考醫科是因為老哥也是醫學系。從小是跟屁蟲的我，潛意識之下覺得跟老哥念一樣的科系很有安全感（現在想想覺得好幼稚）。

總之我是考上了，非常意外，然後也念得很辛苦，更不用說在醫院裡經歷的種種挫折。說了這麼多醫生的壞話，那為什麼還要繼續當醫生呢？要說好處，扣除興趣不談，穩定收入是明確的優點。畢竟過日子總是需要錢，況且花了這麼長的時間學的專業總要有收割的時候。當然十幾二十年後，薪水是否還能穩定也不得而知了。畫畫是否能養活自己，我不知道也不敢保證。但我喜歡畫畫，長大了，選擇把畫畫留在最純粹最安全的地方，不能讓經濟壓力磨壞了熱情，不能讓商業需求謀殺了靈魂。你要問，在行醫的路上是否有成就感。或多或少有，但很快就被一波接一波的疲憊感稀釋了。我花了很多心思學習如何在工作與興趣取得平衡，工作不能怠慢，畫畫也不能怠慢，日子要過，但是要過得有意義。生活很無趣，那就讓多畫點生活讓它變有趣。

醫生絕對絕對是個偉大的職業，醫學系的金字招牌背後背負的是龐大的責任與使命。填完醫學系後等待你的是日新月異的醫學知識、進退兩難的醫病關係、舉步維艱的階級體系，還有值不完的班、補不完的眠、快折光的壽。我相信在資訊爆炸的現代，學生有各種管道可以了解這個社會，了解如何規劃自己的未來。希望學生們在決定科系時不再盲目，分數越高選擇越少的窘境從此在這個社會上消失。多方攝取資訊，了解自己的優勢跟長才。網路是很好的工具，如果家長試圖禁止你們使用電腦網路，請揭竿而起展開家庭革命！……好，言重了，是多跟家長溝通，告訴他們這個社會早已經改變了。時代變化的速度越來越快，經驗僅能參考但不能複製，台灣社會已經不適用無腦照著前人腳步走這樣的生存方式。只求穩定只會被這個加速度的世代沖走，保持求新求變的心態才是生存之道，隨時了解社會現況，做出最即時的決定。人生是自己的，讓自己有權利去選擇往後的道路，然後汲取每次失敗的教訓，不要後悔。

「為什麼要經營粉絲團？」這是我最常被問的問題。有很多原因，最一開始粉絲團的成立是為了分享一些漫畫作品，再加上四年前完成的長篇漫畫「小兒科」在社群網站的推波助瀾之下，也漸漸取得知名度。而促使用心經營粉絲團的臨門一腳是因為損友們，尤其是陳小黑。

「欸欸，你看那個小百合啦，我不信你來經營粉絲團會比他差。」

「呃，風格不一樣吧。」

「在畢業之前沒有贏過他你就是俗辣。」

「可是他有12萬粉絲欸。」（這是當時的數字。）

「管你喔，我不跟俗辣當朋友。」

沒有什麼冠冕堂皇的抱負，也沒有什麼肩負社會責任的壯志凌雲，

後記

經營粉絲團只因損友無聊的激將法。不過在這裡先聲明，我跟小百合感情很好，我們沒有瑜亮情節，你看我還邀請他寫推薦序（不用解釋，來不及了）。於是就在跟小百合戰得激情（？）、戰得難分難捨，來到了雙方粉絲團都來到了20萬追蹤人次，而我小贏一點點的時候。

累了（不管他累了沒，我是累了，變成住院醫師的他橫豎也是沒空更新了）。我舉起了停戰的旗幟，結束了這場為期一年半的戰爭。好吧，更正，從頭到尾都是我一廂情願的戰鬥。凡事都是由小小的火花迸裂成野火燎原，當初誰也不知道從無到有的粉絲團可以帶給我這麼多。屬於自己的暢銷書，嘗試不同的合作，認識各個領域的人，我的日子不再限縮於白色巨塔。偶爾發個文、畫個圖，上網和粉絲互動一下都能洗刷一天下來的疲累，我依舊很喜歡粉絲，因為他們很可愛也很尊重我。

因為成為了分科的住院醫師，未來的日子不像從前到各處訓練一樣多元。我的醫院生活小短篇是否能繼續畫下去、會不會有下一本書，我也不知道。很感謝編輯姊姊Ｌ，籌劃新書的期間忍受我無限上綱的焦慮，提供不少點子，運籌帷幄各種事情，沒有她就沒有這些作品。第一次出書就遇到專家我一定是上輩子做了不少好事。不管以後還有沒有機會出版作品，我仍會在網路上繼續分享生活、分享畫作，最後也謝謝閱讀這本書的你，看完了最後的一字一句，希望這短短的幾個小時內能帶給你的是愉快而且充實的。

醫生哪有這麼萌 2

菜鳥以上、老鳥未滿的白袍日記

作者　Nikumon
編輯　徐立妍
美術設計　賴姵伶
行銷企畫　李雙如

發行人　王榮文
出版發行　遠流出版事業股份有限公司
地址　臺北市南昌路 2 段 81 號 6 樓
客服電話　02-2392-6899
傳真　02-2392-6658
郵撥　0189456-1
著作權顧問　蕭雄淋律師

2018 年 1 月 31 日 初版一刷 · 2018 年 3 月 20 日初版三刷
定價　新台幣 300 元（如有缺頁或破損，請寄回更換）

ISBN　978-957-32-8206-8
遠流博識網　http://www.ylib.com　E-mail: ylib@ylib.com

國家圖書館出版品預行編目 (CIP) 資料

醫生哪有這麼萌 . 2 : 菜鳥以上、老鳥未滿的白袍日記 / Nikumon 圖 . 文 . -- 初版 . -- 臺北市 : 遠流 , 2018.01
面 ;　公分
ISBN 978-957-32-8206-8(平裝)
855　　106025328